知念実希人

神話の密室
天久鷹央の推理カルテ
完全版

実業之日本社

実業之日本社文庫

目次

神話の密室

In the Hands of the Gods

天久鷹央の推理カルテ

［完全版］

プロローグ

背もたれに体重を乗せて反り返り、鷹央《たかお》は天井を見上げる。その口から、小さな声が漏れた。

「……のハンマー」

「え？　なんですか？」

「凶器だよ。今回の事件に使われた凶器」

「凶器⁉　ということはやっぱり他殺だったんですか？　でも、ハンマーなんてどこにも映っていませんでしたよ」

訊《たず》ねるが、鷹央は答えるかわりにふっと鼻を鳴らした。

「この前の『バッカスの病室事件』といい、また神がらみかよ。いつの間に、この病院にはユグドラシルが生えたのやら」

「え、ユグ……。なんですか？」

「ユグドラシル。北欧神話に出てくる、次元を超越し神の世界と現世を繋《つな》ぐ世界樹だよ」

「あ、あの……なにを言っているのか、全然わからないんですけど」

戸惑いながら言うと、鷹央は天井あたりを眺め、再び黙り込んだ。

いったいなにに気づいたというのだろう。

疑問で溢《あふ》れかえる頭を必死に働かせながら、僕は鷹央の次の言葉を待つ。

「終わりだ……」

ぼそりと鷹央が漏らしたつぶやきが、部屋の空気に溶けていく。意味が分からず、僕は「はい？」と聞き返した。

「だから、終わりだって言ったんだ。私はもうこれ以上、この件にはかかわらない」

鷹央は緩慢に立ち上がる。

「え⁉ ちょっと待ってくださいよ。じゃあ、今回の事件はどうするんですか？」

「なあ、小鳥《ことり》。お前、うちに赴任してきてどれくらいになる？」

唐突な質問に、僕は目をしばたたく。

「ちょうど、一年くらいですが」

「この一年、私から診断医としてノウハウを学んできた。そうだな？」

「はい、そうです」

頷《うなず》くと、鷹央はまっすぐに僕を見つめてくる。その大きな瞳《ひとみ》に吸い込まれていくような錯覚に襲われた。

「なら、一年間の成果を見せてみろ。事件を解き明かすための情報はすでに集まっている。そこから、早坂翔馬《はやさかしょうま》の身になにが起きたのか、『診断』を下してみろ」

「僕がですか⁉」

声が跳ね上がる。あの日、リングでなにが起きたのか、そしてなぜ鷹央が急に手を引くと言い出したのか、どちらもまったく分からず、混乱していた。

「で、でも、鷹央先生が手を引いて、僕が真相にたどり着けなかったらどうするんですか」

「それならそれで、私はかまわない」

「そんな……」

絶句すると、鷹央は「ただな」と唇の端を上げた。

「お前は私が患者に診断を下すのを、そして様々な不可解な事件を解決していくのを誰よりも近くで見守り、その経験を共有してきた。お前は自分が思っている以上に、診断医として成長しているはずだ。それを証明してみろ」

鷹央は大きくあくびをすると、寝室へと繋がる扉の前まで移動する。ドアノブを摑《つか》んだ彼女は、振り返って下手くそなウインクをしてきた。

「期待しているぞ」

扉を開けた鷹央は、ふとなにか考え込むように視線を彷徨《さまよ》わせたあと、「まあ、頑張れよ」と悪戯《いたずら》っぽく舌を出した。

鷹央の姿が寝室へと消え、扉が閉まる音が部屋の空気を揺らす。僕は呆然《ぼうぜん》と立ち尽くすことしかできなかった。

無限の好奇心を胸に秘めている鷹央は、一度『謎《なぞ》』に興味を持つと、それが解けるまでスッポンのように食らいつき続ける。そんな彼女が『謎』を途中で投げ出すなんて……。

そこまで考えたところで、僕は勢いよく首を振る。

いや、違う。鷹央は投げ出したんじゃない、任せたんだ。彼女のもとで一年間学んできた僕ならこの『謎』を解けると、信頼してくれたんだ。

僕は胸に手を当てる。そもそも、僕の知人が命を落とし、そして後輩が調査を依頼してきた事件だ。傍観者でいてどうするんだ。

あまりに超人的な鷹央に気後れして、いつの間にか彼女に頼り切っていたのかもしれない。いつしか、鷹央が鮮やかに事件を解決するのを、ただ待つだけになっていたのかもしれない。

僕は内科医として、診断医として、一人前になるために統括診断部に赴任し、そして最高の診断医の下で学ばせてもらった。だから、今回の事件の真相を一人で解き明かそう。事件を解決しよう。

それこそが、きっと僕にできる恩返しに違いないのだから。

両手で頰を張って気合を入れると、僕は胸を張って前を向いた。

バッカスの病室

Karte. 01

こんなもの、飲みたくはないのに……。

荒い息をつきながら、男は両手を顔の前に持ってくる。十指が細かく震えていた。最近、この震えに悩まされてきた。キーボードを打つスピードが著しく落ち、仕事に支障をきたしている。

そうだ、仕事のために俺はこれを飲まないといけないんだ。俺の作品を待ってくれている多くのファンのために。

それが、胸の奥底から湧《わ》いてくる歪《いびつ》な欲求をごまかしているだけだと知りつつも、男は自分に言い聞かせる。

こんなものを飲むなんて普通じゃない。しかし、灼熱の砂漠を彷徨う遭難者が水を求めるように、『それ』に対する渇望が男を苛《さいな》み続けていた。

これを飲みはじめてからというもの、じわじわと心が、そして体が壊れていっているのを感じる。けれど、どうしてもやめることができない。

いや、それは違う。

どこからか声が聞こえた気がして、男は薄暗い室内を見回す。しかし、部屋には誰もいなかった。数瞬の戸惑いののち、男は気づく。声が自らの頭の中から響いていることに。

お前を壊したのは、周りの奴《やつ》らだ。あいつらがお前を追い詰め、蝕《むしば》んでいった。それに耐えるために、お前は『それ』を飲まずにはいられなくなったんだ。

「……そうだ、悪いのは奴らだ。あいつらが俺をこんなふうにしたんだ」

男は『それ』に向かって、ゆっくりと手を伸ばしていった。

1

「せっかくいい天気なのに……」

窓から差し込んでくる陽光を眺めながら、僕はため息をこぼす。

「どうしたんですか、小鳥《ことり》先生。幸せが逃げていきますよ」

「もともと幸せなんかない。せっかくの土曜日だっていうのに、救急部の日直なんてしているんだから」

「えー、そんなことないですよ。ほら、私と一緒に勤務できるんですから」

仮眠用のソファーベッドに腰掛け、医学雑誌を読んでいたショートカットの女性研修医、鴻ノ池舞《こうのいけまい》がにっと口角を上げた。

「お前と一緒に勤務することの方が、ため息なんかより僕から幸せを奪っているんだよ」

僕、小鳥遊優《たかなしゆう》は今日、勤務する天医会《てんいかい》総合病院の救急部の日直業務にあたっていた。本来、内科の診療科である統括診断部に所属する僕に、救急部で勤務をする義務はない。しかし横暴な上司の命令で、人手不足で猫の手も借りたい救急部に、定期的に『レンタル猫の手』として貸し出されているのだ。

大学病院で五年ほど外科医としての修業をしたあと内科へと転科した僕にとって、救急勤務は外科で培《つちか》った技術の衰えを防ぐというメリットがあった。しかし、せっかく天気の良い土曜日だというのに朝から晩まで働くとなると、愚痴の一つもこぼしたくなる。

「なんですか、その言い草は。どうして私といると不幸になるんですか」

鴻ノ池は雑誌をわきに置くと、唇を尖《とが》らせる。

「どうしてってお前な、僕の恋路をどれだけ邪魔してきたと思ってるんだ」

鴻ノ池舞は僕の天敵だった。直属の上司と付き合っているという噂《うわさ》をこいつに流されたせいで、ちょっといい雰囲気になった看護師や薬剤師の女性との関係が進まなくなるということが、これまで何度もあった。

「私が噂を流さなくても、たぶんダメだったと思いますよ。小鳥先生、押しが弱いから。背も高いし、よく見ると結構かっこいいけど、お人好《ひとよ》し過ぎて『いいお友達』どまりなんですよ」

気にしていることをズバリと指摘され、「うっ」とうめき声が漏れる。これまでの人生で経験したいくつもの哀《かな》しい記憶が、走馬灯のように脳裏をよぎり、うなだれてしまう。

「やだ、『あしたのジョー』みたいに燃え尽きないでくださいよ」

「誰のせいだよ……」

「そうだ、今日の勤務が終わったら、一緒にご飯食べに行きましょう。だから元気出してくださいって」

「なんで、勤務終わってまでお前と行動しないといけないんだよ。どうせ、奢《おご》らせる気だろ」

「だって、研修医の給料ってめちゃくちゃ安いんですよ。こうやって上の先生に寄生しないと、全然貯金できないんです。というか、私とご飯に行くのが不満なんですか？　こんな可愛《かわい》い後輩とディナーできるんですよ。喜んで奢ってくれてもいいじゃないですか」

「可愛い後輩ねえ……」

僕は顔を上げる。たしかに、鴻ノ池はなかなか整った顔立ちをしている。その健康的な可愛らしさで男性研修医の間では人気があり、熱心に言い寄っている者もいるという噂だ。けれど……。

「けれど、いくら外見が良くても中身がなあ」

思わず本音が漏れてしまう。へらへらと笑っていた鴻ノ池の表情が険しくなった。

「私の中身のなにが悪いんですか⁉ 他の先生には『鴻ノ池は気が利《き》くから、一緒に仕事すると楽できるよ』って言われているんですよ」

「お前が研修医として優秀なのは認めるけどさ……」

「それに、いつも小鳥先生と鷹央《たかお》先生をくっつけようと、表で裏でと色々画策してあげているじゃないですか」

「それをやめろって言っているんだ！」

鴻ノ池は人差し指をあごに当てると、「どういうことですかぁ？」ととぼけた。

「他のドクターはどうだか知らないけどな、お前と働いているといつもの倍は疲れるんだよ。というわけで、食事に行ってもいいけど割り勘な」

「えー、そんな意地悪なこと言わないでくださいよ。忘れたんですか、この前、誰のおかげで命が助かったのか」

痛いところを突かれ、僕は言葉を詰まらせる。先日巻き込まれた『人体自然発火事件』の際、絶体絶命のところを鴻ノ池に助けられたのだ。それ以来、頭が上がらなくなっている。

「お礼に、奮発して新車のバイクを買ってやっただろ」

「ええ、ありがとうございます。乗り心地、最高に良くて、来週も河口湖までツーリングに行く予定なんです。あんな高いものポンッと買ってくれた優しい小鳥先輩なんですから、夕飯ぐらい当然、奢ってくれるって信じてます」

ポンッと、って……。あのバイクで貯金がだいぶ削り取られたんだけど。

「分かった分かった。奢ってやるよ。奢ればいいんだろ」

根負けして言うと、鴻ノ池は「やった！」と両手を上げた。

「近くの居酒屋だからな。最近、マジで財布が軽くなっているんだよ」

「居酒屋、いいですね。値段を気にせず飲み食いできるから」

「少しは気にしてくれ。頼むから」

「あ、せっかくだし、鷹央先生も呼びませんか？　三人の方が楽しい……」

「だめだ！」

「なんでですかぁ」

鴻ノ池は頰を膨らませる。

「鷹央先生がどれくらいの酒豪か、お前だって知ってるだろ。あの人と一緒に飲んだら、絶対に吐くまで飲まされる」

「けど私、酔って上機嫌になっている鷹央先生を見るの好きなんですよね。それに鷹央先生が潰《つぶ》しにかかるのって、基本的に小鳥先生だけですし」

「僕を生贄《いけにえ》にしようとするんじゃない！　そもそも、聴覚過敏のあの人が、居酒屋なんて行けるわけがないだろ」

「たしかにそうですね。じゃあ、小鳥先生を酔い潰すのは今度の機会ということで」

「目的が変わっているだろ」

重い疲労感をおぼえた僕は、ため息交じりに言う。

「ちなみに、今日が休みだったら、小鳥先生は何するつもりだったんですか？」

「そうだな。昼頃まで寝て、気になっていた海外ドラマでもだらだら見ていたかな」

「うわ、暗っ。そんなインドアな生活してたら、体にカビ生えちゃいますよ」

「ほっとけ。せっかく珍しく暇な日直なのに、お前と話してたせいでいつもより疲れた気がするよ。これなら、患者を診《み》ていた方がましだ」

忙しいときはひっきりなしに重症患者が搬送されてくる救急部の勤務だが、この一時間ほどは搬送依頼もなく、控室で待機していた。

「あー、そういうこと言うと、本当になっちゃいますよ。いいじゃないですか、ゆっくりした救急勤務ってなかなかレアで……」

鴻ノ池がそこまで言ったとき、デスクの上の内線電話が着信音を響かせる。得意げに「ほらっ」と鼻を鳴らす鴻ノ池を尻目《しりめ》に、僕は素早く受話器を取った。

『小鳥遊先生、救急隊からです』

看護師の声が聞こえてくる。「繋いでください」と言うと、回線が切り替わった。

『こちら西東京救急隊です。えー、搬送可能でしょうか？』

救急隊員の声が響く。その口調はどこか気怠《けだる》そうだった。

ああ、これは大した患者じゃないな。これまでの経験から僕は直感する。

「どんな患者さんでしょうか？」

『五十代男性でバイタルは安定していますが、意識レベルの低下を認めます』

「意識レベルの低下？　脳卒中の疑いですか」

『いえ、違います。泥酔状態なんですよ』

「泥酔？」

壁時計を見る。時刻はまだ午後三時を回ったところだった。

「こんな時間に、意識が朦朧《もうろう》とするほど酔っぱらっているんですか？」

『はい、そうです。搬送可能ですか？』

投げやりな救急隊員の言葉を聞きながら少し考える。正直、真昼間から泥酔患者など診たくはない。しかし、重症患者を治療中ならまだしも、暇を持て余している現状では断る理由がなかった。

「受け入れ可能です。何分くらいで着きますか？」

『三十分くらいです』

「三十分？　そんなにかかるんですか？　それなら、ここより近い救急病院があるんじゃ」

『そちらの病院のかかりつけの患者さんで、入院する予定だと本人が言っていたんです。財布を見たところ、受診券も持っていました。名前は宇治川心吾《うじがわしんご》さん。受診番号は……』

「ちょっと待ってください」

受話器を肩と顔で挟むと、僕はわきにあった電子カルテに受診番号を打ち込む。すぐに診療記録が表示された。

近づいてきた鴻ノ池が、僕の肩越しに画面を覗《のぞ》き込んでくる。

「うちの精神科にかかっている患者さんですか？　来週から入院予定みたいですね」

「だな」

僕は診療記録に記してある病名を表示する。そこには『アルコール依存症』と書かれていた。

なるほど、アルコール依存症の治療のため入院予定だった男が、最後の晩餐《ばんさん》とばかりに酒をかっ食らったというわけか。

「分かりました、お待ちしています」

かかりつけ患者なら、受け入れないわけにいかない。

「こちらの病院にかかっていると言ったということは、一応意識はあるということですね」

訊ねると、救急隊員は辟易《へきえき》した声で答えた。

『受け答えはなんとかできますが、意識はかなり混濁しています。さっきからわけの分からないことを口走っていますから』

「具体的にはどのようなことですか?」

『自分が有名な小説家だと、何度もくり返しているんですよ』


緩慢な足取りで、救急隊員たちがストレッチャーを運んでくる。その上では、痩《や》せた壮年の男が大きないびきをかいていた。着ているセーターの裾《すそ》に嘔吐物《おうとぶつ》らしき汚れが付いている。すえた匂《にお》いが鼻先をかすめた。

「本日の午後二時頃、西東京市の蕎麦屋《そばや》から、客が倒れて意識がないという通報が入りました。現場に駆けつけると、座敷の席で宇治川さんが倒れていました。店の従業員の話によると、今日の正午前にやってきて蕎麦を食べたあと、ずっと日本酒やら焼酎《しょうちゅう》やらを飲んでいたそうです。昼の営業が終わるので声をかけたところ、突然嘔吐して動かなくなったということです」

救急隊員が報告をする。

「大量に酒を飲んで酔っ払っていただけですよね。それなのに、わざわざ救急要請をしたんですか？」

「何度声をかけても反応がなかったので、大きな病気かもしれないと思ったそうです」

「さっきの連絡では、本人から少しは話が聞けたみたいでしたけど」

「ええ、現場に到着して強めに体を揺すったら目を覚まして、宇治川心吾という名前と、こちらの病院のことを話してくれました。呂律《ろれつ》が回っていないので、理解するのに苦労しましたけど」

それで泥酔者と確信して、やる気をなくしたわけか。状況を理解しつつ、僕は鴻ノ池や救急隊員たちとともに宇治川をベッドに移す。いびきの音が一段と大きくなった。

「お疲れ様でした。あとはこちらで対応します。搬送中、バイタルは安定していて、意識レベルは刺激を与えれば目を覚ますレベルだったんですね」

救急隊員たちの顔に皮肉っぽい笑みが浮かぶ。

「たしかに目は覚ましますけど、かなり混乱していますよ。さっき報告したように、自分は有名な小説家だとかなんとか言っていましたから。それじゃあ、よろしくお願いしますね」

救急隊を見送った僕と鴻ノ池は顔を見合わせる。看護師たちが手早く宇治川に心電図パッド、血圧計、パルスオキシメーターなどを取り付けつつ、「この患者さん、どうしますか？」と訊ねてきた。

「あ、えーっと」

僕はモニターに表示された血圧、脈拍、酸素飽和度、心電図などを一瞥《いちべつ》し、異常がないことを確認すると、宇治川の顔を覗き込んだ。強いアルコール臭が鼻をつく。

「バイタルが安定しているから、ひどい急性アルコール中毒ってわけじゃなさそうだな。大丈夫だとは思うけど、念のため脳卒中じゃないか神経所見を確認するか」

僕と鴻ノ池は、打腱槌《だけんつい》を使って四肢の反射を確認していく。予想通り、特に異常は見られなかった。単なる泥酔とみて間違いないだろう。

「宇治川さん、宇治川さん、起きてください」

肩を摑んで軽く揺さぶると、宇治川はうっすらと目を開けた。

「ここがどこか、分かりますか？」

「ここ……、どこか？」

つぶやきながら、宇治川はとろんとした目を動かして辺りを見回す。

「天医会総合病院の救急部ですよ。あなたは蕎麦屋で酔いつぶれて、ここに搬送されてきたんです」

宇治川は「ああ」という呻《うめ》きなのか返事なのか分からない声を上げると、再び目を閉じていびきをかきはじめた。

「かなり飲んでますね。当分起きそうにないですよ」

鴻ノ池は宇治川の頰をつつく。

「しかたないな。とりあえず点滴をして寝かしといて、その間に家族に連絡しよう。一人で帰れそうにないし、迎えに来てもらわないと」

看護師が「分かりました。やっておきます」と言う。

「よろしくお願いします。バイタルに変化があったら呼んでください」

僕と鴻ノ池はあとのことを看護師たちにまかせ、医師控室へと戻った。

「なんか、ほとんどやることありませんでしたね」

部屋に入ると、鴻ノ池がつぶやいた。

「そもそも救急車を呼ぶような状態じゃないからな。まあ、何時間か寝たら歩けるくらいには酔いも醒《さ》めるだろ」

「けれど救急隊の人たち、宇治川さんが言っていたこと、完全に妄想だと決めつけていましたね」

「しょうがないんじゃないか。真昼間から泥酔しているような男が有名小説家だなんて、酔っ払いのたわ言だと思うのが普通だろ。でも、宇治川っていえば……」

僕は椅子《いす》に腰かけると、ノートパソコンでネット書店のページを開き、『宇治川心吾』と検索する。ディスプレイにずらりと、数十冊の本が表示された。

「これが宇治川さんの本ですか。うわあ、けっこうありますね」

近づいてきた鴻ノ池は、前のめりになって画面を凝視する。

さっき、救急隊員から「有名な小説家と名乗っている」という報告を聞いたとき、僕の頭の中で古い記憶が蘇《よみがえ》った。

僕はカーソルを移動させると、マウスをクリックする。一冊の本の表紙が画面に大きく映し出された。

「あ、『雪見山荘の惨劇』ですね。この本、知ってます」

鴻ノ池が画面を指さす。

「おっ、読んだことあるのか？　凄《すご》いトリックだったよな。初めて読んだときとか、あまりに意外な犯人に思わず固まっちゃったよ。お前もそうだろ？」

興奮気味に言うと、鴻ノ池は「あー」とばつが悪そうにこめかみを掻《か》いた。

「タイトルを聞いたことがあるだけで、読んだわけじゃないんです。なんか、すみません……」

上がっていたテンションが一気に落下していく。

「これって有名な本ですよね。あんまり推理小説とか読まない私でも、聞き覚えがあるんですから」

「宇治川心吾のデビュー作にして代表作だよ。大学生のときにこれで鮮烈なデビューをして、本格ミステリー界に衝撃を与えたんだ。その後も、この『雪見山荘』で探偵役を務めた甲斐雄介《かいゆうすけ》が活躍する『甲斐シリーズ』を次々に刊行して、本格ミステリー界の重鎮になっていったんだ」

「詳しいですね。推理小説とか好きなんですか？」

「中学生の頃にクラスではやったんだよ。甲斐シリーズは、たぶん十冊ぐらいは読んだんじゃないかな。『雪見山荘』でハマって、高校生ぐらいまでは新刊が出るたびに買っていたから」

「そうだ、鷹央先生ならきっと読んでますよ。今度、推理小説談義に花を咲かしてみたらどうですか？」

「嫌だよ。そりゃ、あの人なら間違いなく読んでいるだろうけど、ちょっと話を振ったら最後、ミステリーについての独演会が開始されるに決まってる」

エドガー・アラン・ポーの『モルグ街の殺人』からはじまったミステリーの二百年近い歴史についての蘊蓄《うんちく》を、数時間にわたって延々と聞かされ続けるのが容易に想像できる。

僕はネット書店のウィンドウを閉じると、肩を落とした。

「しかし、学生時代に好きだった本の作者を診るなんて思ってなかったよ。しかも、アルコール依存症になって酔いつぶれてくるなんてさ」

思い出を汚されたような気がしてしまう。

「しかたがないんじゃないですか。小説家って自分の頭だけで複雑な物語を作るんですよ。普通の仕事みたいに、はっきりしたノウハウがあるわけでもないでしょうし、たくさん書いていくうちにアイデアも尽きていくしで、きっとストレスが多いと思うんです」

「そうかもな」

「それに聞いた話では、最近は娯楽の選択肢が増えて本を読む人が減っていて、小説だけで食べていくのはかなり厳しいらしいですよ」

「詳しいな、お前」

「私は顔が広いんです。休日に引きこもるような誰かさんと違って」

鴻ノ池は救急部のユニフォームに包まれた胸を反らす。

「インドア派で悪かったな。そんなことより、宇治川さんの診療記録を書いてくれよ。僕は溜《た》まっている保険関係の書類を処理しているからさ」

鴻ノ池は「はーい」と元気に片手を挙げると、電子カルテの前の椅子に腰かけた。

鴻ノ池がキーボードを叩《たた》く音を聞きながら、僕は先日退院した患者の保険申請書をデスクの上に置く。本当なら主治医の鷹央がやるべきなのだが、この手の面倒な書類仕事は彼女がもっとも嫌うものだ。なので、しかたなく統括診断部の雑用は僕が一括して引き受けていた。

宇治川が運ばれて来てからは二時間ほど、一度の救急要請もなく過ぎていく。その時間を使って溜まっていた書類をあらかた片付けた僕は、背もたれに体重をかけて反り返った。背骨がコキコキと音を立てるのが心地いい。ふと見ると、ソファーベッドでうつぶせになった鴻ノ池が、両足をパタパタと動かしながらタブレット端末を眺めていた。

「なにしているんだ?」

「あんまり暇なんで、『雪見山荘の惨劇』の電子書籍を買って読みはじめたんです。いやあ、いいですね、これ。大雪で孤立した屋敷で起こる連続殺人事件。こういうレトロな推理小説って、逆に新鮮です」

「最後の一ページで凄いことが起こるから楽しみにしておけよ。頭のなか真っ白になって、すぐに最初から読み直すことになるから」

「そうなんですかー。楽しみだなぁ。来週のツーリングでランチのときに読もうかな」

根っからのアウトドア派だな、こいつ。

「トリックと犯人、教えてやろうか」

「……そんなことしたら、バイクで轢《ひ》きますよ」

鴻ノ池の目がすっと細くなる。

「冗談だって」

こいつなら、本気で轢きかねない。

「けれど、本当に暇な日直でしたね。あと三十分で引継ぎの時間か」

タブレットの電源を落とした鴻ノ池が立ち上がる。そのとき、ドアが開いて若い看護師が顔を覗かせた。

「あの、宇治川さんのことなんですけど」

「目を覚ました？」

一時間ほど前に様子を見に行ったときは、相変わらずいびきをかいて眠っていた。

「いえ、ご家族がいらっしゃいました」

「ああ、ご家族が。分かった、話をするよ。宇治川さんが動けるようなら、連れて帰ってもらおう」

控室を出ると、救急部の出入り口の近くに細身の女性と、眼鏡をかけたスーツ姿の中年男性が立っていた。

「宇治川さんのご家族の方ですね。はじめまして。本日、救急を担当している小鳥遊といいます。こちらは研修医の鴻ノ池です。二人で宇治川さんを診察させていただきました」

「宇治川の妻で真穂子《まほこ》と申します。このたびは夫がご迷惑をおかけして、まことに申し訳ございませんでした」

真穂子と名乗った女性は、深々と頭を下げた。どこか幸薄そうな雰囲気を纏《まと》っている。年齢は三十代半ばといったところだろう。宇治川とは一回りほど年が離れていそうだ。

「私は担当編集者の野中公平《のなかこうへい》です。それで、宇治川先生はご無事なんでしょうか？」

落ち着きなく野中は救急部を見回した。

「大丈夫です。酔って眠っているだけですから」

真穂子は安堵《あんど》の息を漏らすが、野中は鬼気迫る形相で前のめりになる。

「泥酔って、いつになったら目を覚ますんですか⁉　酔いが醒めるのはいつなんですか⁉」

「そ、それは……」

軽くのけぞってしまう。

「おそらく、もうすぐ目は覚ますとは思います。ただ、かなり飲んだようなので、酔いが醒めるのには少し時間がかかるかと。まあ、明日になれば……」

「明日⁉　そんなには待てません！」

野中は甲高い声を上げた。

「待てないと言いますと？」

訊ねると、野中は頭を抱える。

「宇治川先生には来月号のうちの雑誌に、短編小説を書いていただくことになっているんです。締切りは昨日だったんです。それなのに、作品が送られてこないんで、昨夜電話をしたら、まだ手を付けていないって」

ああ、だからこんなに焦《あせ》っているのか。

「徹夜で書いてくれるという約束だったんです。だから進捗《しんちょく》状況を訊ねようと今日、連絡したんですが、捕まらなくって」

「夫は今朝、自宅に携帯電話を置いてふらりと出かけました。昼頃、野中さんがうちにいらして、それから二人で思い当たる場所を探していたんですが見つからず、それで自宅に戻ったら、こちらの病院から固定電話に連絡があったんです」

身を縮込まらせながら真穂子が言う。なるほど、だから病院に来るまでに時間がかかったのか。

「宇治川さんはよく、正体をなくすぐらい飲酒されるんですか？」

真穂子の表情が歪《ゆが》んだ。

「もともとお酒が好きな人でしたけど、この二、三年は楽しむというより、仕事のプレッシャーを忘れるために飲むようになって、酒量もどんどん増えていました。最近は、酔っていないときの方が少ないくらいで、週に一回は意識を失うまで飲んでいます」

どうやら鴻ノ池がさっき言っていたことは大方正しかったらしい。僕が横目で視線を送ると、鴻ノ池は得意げに軽くあごを上げた。

「あまりにも常軌を逸した飲み方をするようになったので、嫌がる主人を必死に説き伏せて、こちらの精神科に受診してもらいました。そうしたら、重度のアルコール依存症で入院が必要と言われまして……」

「それで、うちの短編を書き上げていただいたあと、来週に入院する予定だったんです」

野中が焦《じ》れたように身を揺らす。

「というわけで、宇治川先生には一刻も早く執筆にとりかかっていただく必要があるんです。印刷所は三日ほど待ってくれるようですが、まだ全然書いていないとなると、すぐにでもはじめてもらわないと」

こんな感じでプレッシャーをかけられたから、酒に逃げたんだろうな。

「それで、主人はいまどこに……」

僕は「こちらです」と、真穂子たちを救急室の奥に連れていく。周囲を囲っているカーテンを開けると、相変わらずいびきをかいて、宇治川がベッドに横たわっていた。

「宇治川さん、起きてください」

体を揺すると、宇治川の瞼《まぶた》がゆっくりと開いていった。

「分かりますか。だいぶアルコールも抜けてきたみたいなので、もう家に帰っても大丈夫ですよ。お仕事もあるらしいですから」

「家……？　仕事……？」

とろんと濁っていた宇治川の目が大きくなっていく。

「どうかしましたか？」

僕が訊ねた瞬間、宇治川は唐突に「うわあぁー！」と悲鳴じみた叫び声を上げた。その迫力に一歩下がってしまう。

「いやだ！　もう嫌なんだ！　家になんか帰らない！」

駄々をこねる子供のごとく頭を激しく振ると、宇治川はベッドの上で身を守るかのように体を丸めた。

「どうしたんですか⁉　大丈夫です。ここは安全ですよ」

慌《あわ》てて落ち着かせようとすると、宇治川はか細い声で答えた。

「みんなが……。みんなが、私を殺そうとしているんだ……」

2

二日後、月曜の朝、僕はあくびをしながら天医会総合病院の屋上を歩いていた。

「やっぱり、電車通勤は時間がかかるよなぁ。早く、新しい車を買わないと」

またローンを組むしかないのか。預金残高を思い出して重くなる足を動かして、僕は十数メートル先にある〝家〟へと向かう。僕の上司が、理事長の娘という立場を思い切り利用して建てた自宅兼、統括診断部の医局。

「おはようございます」

ノックをして扉を開く。薄暗い部屋には、書籍がうずたかく積まれた〝本の樹《き》〟がいたるところに生え、〝本の森〟といった様相を呈している。西洋童話に出てきそうな、赤レンガ造りのファンシーな外観に反して、室内は魔女の棲家《すみか》のような雰囲気だ。

部屋の奥にある電子カルテの前に、若草色の手術着を着た小柄な女性が座っていた。高校生、ときには中学生に間違われる童顔。背中まで伸びる、ウェーブのかかった黒髪。そして、猫を彷彿《ほうふつ》させる大きな二重の瞳《ひとみ》。彼女こそが僕の二歳年下の上司だった。統括診断部の部長にして、この天医会総合病院の副院長でもある天久《あめく》鷹央。

「おう、小鳥、おはよう」

鷹央は軽く手を挙げる。

「鷹央先生、カルテ回診中ですか？」

僕は〝本の樹〟を避けながら近づいた。鷹央はよくこうして、入院中の患者の電子カルテを見ては、診断や治療についてのアドバイスを（頼まれてもいないのに）しているのだ。診療内容についての不備をオブラートに包むことなく指摘された主治医が不快に思うことも多いが、結局治療の質の底上げにつながっているので、誰も文句は言えない。

「なにか珍しい疾患の患者さんでもいました？」

鷹央は「これだ」と、ディスプレイを指さした。頬が引きつる。そこには宇治川心吾のカルテが映し出されていた。

二日前、パニックに陥った宇治川にどう対処すればよいか分からず、僕は精神科の日直医を呼び出した。やってきた精神科医は、締切りのプレッシャーとアルコールの影響による混乱状態で、このまま帰宅させるのは危険と判断し、予定を数日繰り上げて宇治川を精神科の閉鎖病棟へ入院させた。

「さっき、カルテ回診をしていたら見つけたんだ。最初は単なる同姓同名かと思ったが、記録を読んでみると小説執筆のストレスから飲酒量が多くなり、アルコール依存症になったという記載があった。つまり……」

鷹央はにっと笑うと、わきにある〝本の樹〟から一冊の本を手に取る。タイトルは『雪見山荘の惨劇』。

「推理小説家の宇治川心吾が、この病院に入院しているということだ」

ああ、気づかれてしまった。僕は内心で頭を抱える。絶対に面倒くさいことになるので、伝えないつもりだったのに。

「お前、救急で宇治川心吾の診察をしているんだろ。どんな感じだった」

鷹央は嬉々《きき》として訊ねてくる。その瞳はこの薄暗い部屋のなか、好奇心できらきらと輝いていた。

「べつに特別なことはありませんよ。酔いつぶれて搬送されただけですから。何時間か寝かしていたら自然に意識も戻りました。まあ、起きたときパニックになって変なことを口走ったから、入院になっちゃいましたけど」

「ん？　パニックになった？」

失言に気づいて、僕は片手で口を覆《おお》う。火に油を注いでしまった。

「いや、気づいたら病院のベッドの上だったんで、わけが分からなくなっただけですよ。もともと、執筆のストレスで精神的に不安定だったらしいですし」

「そうとは限らないぞ。なんといっても、数々の独創的なトリックを発表してきた本格ミステリー界のトリックメーカーだ。もしかしたらそのセリフは、これからはじまる惨劇の序章なのかも」

「不吉なこと言わないでください！　たんに、アルコール依存症の人が飲み過ぎただけです。それともカルテを読んで、なにかおかしな点でもあったんですか？」

「いや、そういうわけじゃない。そもそも、カルテには入院して治療を行っていく予定だということしか書いていない」

「なら、特に気にすることないじゃないですか。それより、今日はかなり診察依頼がきていますよ。気合を入れていかないと」

僕はなんとか話を逸《そ》らそうとする。

「いや、私は宇治川心吾に会いにいく。そうする必要があるんだ」

ああ、やっぱり無駄だった……。

「なんで『必要がある』んですか？」

無力感に苛まれながら訊ねると、鷹央は薄い胸を反らしながら、そばにある〝本の樹〟を指さした。

「もちろん、サインをもらうためだ」

「もしかして、それって全部、宇治川さんの著書ですか？」

「そうだ。宇治川心吾が入院していることに気づいて、部屋にある宇治川作品を集めた。これを持って行って、サインしてもらうんだ」

　案外ミーハーだな、この人。

「ダメですよ、そんなの」

「なんでダメなんだよ」

　鷹央は唇を尖らせる。

「宇治川さんは依存症の治療で入院しているんですよ。そんな人の病室に、こんなに大量の本にサインをしてくれっておしかけるなんて、さすがに問題になります」

「大量の本がダメって、それじゃあ何冊だったらいいんだ？」

　そういう問題じゃないんだけど……。

　呆《あき》れていると、鷹央は〝本の樹〟から次々と宇治川の書籍を取り出していく。

「甲斐シリーズだけでもサインしてもらわないと」

「あっ、甲斐シリーズ、面白いですよね」

「おお、お前も読んでいるのか⁉」

　鷹央の目がさらに輝きを増したのを見て、僕は再度の失言に気づく。しかし、手遅れだった。

「日本ミステリー史上でも五指に入る有名な探偵である甲斐雄介は、宇治川心吾のデビュー作である『雪見山荘の惨劇』で初登場した。この作品は、そのころ日本文学に一大旋風を巻き起こしていた新本格ブームの中でも、特に衝撃的な一作と話題となり、当時まだ大学生だった宇治川の名は一気に広がったんだ。その後も、甲斐を主人公とした通称『甲斐シリーズ』をはじめ、旅情ミステリー、恋愛ミステリー、ＳＦミステリーと、枠にとらわれない作品を次々と……」

小さな頭の中に詰まっている膨大な蘊蓄を延々と吐き出しはじめた鷹央を前に、どうやったら彼女の機嫌を損ねずにこの話を打ち切れるのか、僕は頭を抱えるのだった。

「これで一段落ですね」

僕が声をかけると、隣を歩く鷹央は満足げに頷《うなず》いた。

「今日はなかなか面白い症例が多かった。まあ、私にかかれば、すぐに診断がつくものばっかりだったけどな」

三時間ほど前、宇治川心吾の作品について喋《しゃべ》りだした鷹央は、僕が危惧《きぐ》したとおり、やがて『モルグ街の殺人』からはじまるミステリーの歴史について、滔々《とうとう》と語りはじめた。僕は必死にタイミングを見計らい、話が『占星術殺人事件』で芽吹き、そして『十角館の殺人』で一気に花開いた新本格ブームに達したあたりで、「あっ、そろそろ仕事をはじめないと」と切り出した。話を遮られた鷹央は一瞬、不満げな表情を浮かべたが、ある程度は知識を吐き出したことで満足したのか、それほど不機嫌になることはなかった。かくして僕と鷹央は午前中、診察依頼があった患者の回診をしていったのだった。

統括診断部のおもな仕事は、他科で診断がつかなかった患者を診察し、なんの病気であるかを明らかにすることだ。今日も複雑怪奇な症状を呈する患者を数人診察したが、鷹央はどんな疾患が疑われ、それを確定するためにはどのような検査が必要かすぐに指示していった。そうして依頼されたすべての患者の診察が終わり、時刻は正午に近づいている。

「それじゃあ、屋上に戻って昼食にしましょうか」

四階病棟からエレベーターに乗りながら言うと、鷹央は無言で六階のボタンを押した。

「え、なんで六階に?」

鷹央は悪戯《いたずら》っぽい笑みを浮かべ、白衣のポケットから一冊の本を取り出した。

「あっ、『雪見山荘の惨劇』⁉ まさか……」

「そうだ。宇治川心吾にサインを貰《もら》いにいくんだ」

「迷惑になるからダメだって言ったでしょ!」

「一冊だけ、一冊だけだから。それくらいなら、大した負担にならないだろ。それに、他にも大切な用事があるんだ」

「大切な用事ってなんですか？」

「宇治川心吾の作品の中には、いくつか重大なミスがある。実際には絶対に不可能なトリックが使われていたり、犯人を絞り込む際に論理的な破綻《はたん》があったりするものがな。だから、それを指摘して……」

「やめて！　お願いだからやめて！」

「なんでだよ。私は間違いを教えてやるだけだぞ。とくに今年の初めに出た甲斐シリーズの最新作では、後期クイーン問題が……」

そんなやりとりをしているうちに、エレベーターは六階へと到着した。鷹央は開いていく扉の隙間《すきま》に、するりとその細い体を滑り込ませる。僕は「あっ、待て！」と、慌てて彼女のあとを追った。

小走りに廊下を進んでいった鷹央は精神科病棟のナースステーションに飛び込み、奥にある扉へと近づいていく。施錠されたその扉の向こう側が閉鎖病棟だ。

「おい、この扉を開けてくれ。宇治川心吾に会いたいんだ」

扉の前に着いた鷹央は、そばにいた男性看護師に声をかける。

「え？　あの、宇治川さんになにかご用でしょうか？」

戸惑っている看護師に、鷹央が「ご用だから開けろって言っているんだ」と告げたところで、ようやく僕が追いついた。

「ダメだって言っているでしょ。それに、鷹央先生は精神科病棟には……」

そこまで言ったとき、背後からカツカツとヒールを鳴らす音が響いてきた。

「天久先生、私の担当患者にいったいなんの用なの」

ああ、最悪だ。僕は顔をしかめながら振り返る。そこには、黒縁眼鏡をかけた中年の女性医師が、険しい顔で立っていた。精神科の部長である墨田淳子《すみだじゅんこ》だ。よりによって、この人が宇治川の主治医だとは。

「宇治川心吾にサインをもらいたいんだ。それに、作品について指摘したいこともある」

鷹央が馬鹿《ばか》正直に答えると、墨田の目尻が吊《つ》り上がっていく。

「そんな理由で会わせられるわけないでしょ！　そもそも、あなたはうちの病棟に出入り禁止だって、何回言えば分かるのよ！」

鷹央と墨田は犬猿の（というか墨田が一方的に鷹央を毛嫌いしている）仲だった。かつて研修医として精神科へ実習に来た鷹央が、墨田の診断の間違いを大っぴらに指摘し、面子《メンツ》を完膚《かんぷ》なきまでに潰したことが原因らしい。それ以来、鷹央は精神科病棟に出禁となっている。

「何度も言うが、私が指示されたのは『必要なとき以外、精神科病棟に入るな』という内容だ。今回はどうしてもサインをもらわなくてはならなかったので、『必要なとき』であると判断した」

「必要なときっていうのは、こっちが診察依頼を出したときとかのことよ！」

墨田は金切り声を上げる。

「それならそうと、具体的に言ってくれないと分かるわけないだろ」

鷹央が愚痴をこぼすと、墨田の顔が茹《ゆ》でダコのように赤くなっていく。そろそろ撤退した方がいいかもしれない。鷹央を小脇に抱えて離脱することを本気で検討しはじめたとき、遠くから「ちょっと来てください！」という声が響いた。そちらを見ると、ガラス窓の向こう側にある閉鎖病棟の奥から、見覚えのある男が声を上げていた。宇治川の担当編集者の野中だ。

「どうしました？　他の患者さんを刺激するので大きな声を出さないでください」

ガラス窓を開けて看護師が注意する。

「そんな場合じゃないんです。宇治川先生が大変なんです！」

「宇治川さんが⁉」

目を見開いた墨田が鍵《かぎ》を取り出して扉を開け、閉鎖病棟へ入っていく。それを見た鷹央が僕に、目配せをしてきた。

「あっ、鷹央先生、待って……」

止める間もなく、鷹央は閉鎖病棟に飛び込んでいく。

「ああ、もう！」

僕は悪態をつきながらあとを追う。

墨田は閉鎖病棟の一番奥にある病室に入った。僕と鷹央もそれに続く。かなり広い個室病室だった。デスクに冷蔵庫、ソファーセットまでついている。おそらく、この病棟でもっとも個室料金の高い部屋だろう。デスクの上には古い型のプリンターとノートパソコンが置かれていた。

「原稿の進み具合を確認しようとやってきたら、宇治川先生が大変なことになっていたんです」

興奮した様子で野中が言う。どうやら、宇治川が入院したにもかかわらず、意地でも締切りまでに短編を書き上げさせるつもりらしい。

「宇治川さんはどこに？」

墨田が室内を見回す。窓際《まどぎわ》に置かれたベッドに、宇治川の姿はなかった。

「……あそこです」

野中がデスクの向こう側を指さす。

「あそこ？」

部屋の奥に進んでいった僕の口から、「え？」という呆《ほう》けた声が漏れる。死角になっていたデスクの陰に、赤ら顔の宇治川が座り込んでいた。半開きの目が虚空《こくう》を見つめている。

「宇治川先生、しっかりしてください！」

野中が声を張り上げると、宇治川は「ううっ……」とうめきながら緩慢な動作で立ち上がった。

「これは……」

呆然《ぼうぜん》とつぶやく墨田の前を千鳥足で横切った宇治川は、ふらふらとソファーに近づき、気絶したかのように倒れこむ。その姿は明らかに、彼が酩酊《めいてい》状態にあることを示していた。

「どういうことですか？　アルコール依存症を治すために入院したんですよね。なのに、どうしてこんなに酔っぱらっているんですか。入院中も酒を飲ませているんですか⁉」

野中に詰め寄られた墨田は、胸の前で両手を振る。

「まさか、そんなわけありません」

「けど、実際に宇治川先生は泥酔しているじゃないですか。こんな状態じゃ執筆なんてできない。頭を下げて印刷所に待ってもらっているっていうのに」

宇治川の体調よりも、原稿の方が大切なようだ。

僕が立ち尽くしていると、鷹央が唐突に冷蔵庫の扉を開けた。

「あんた、なにしているのよ。というか、なにちゃっかりとついて来てるの！」

墨田の叱責《しっせき》もどこ吹く風で、鷹央は冷蔵庫を覗き込む。

「なあ、酒はどこにあるんだ？」

鷹央の言葉に、墨田は「はぁ？」と顔をしかめる。

「だから、酒だよ。酔っているということは、酒を飲んだということだろ。それはどこにあったんだ？」

鷹央は冷蔵庫を指さす。中は空だった。

「おい、小鳥。ゴミ箱を確認してくれ。アルコール飲料の容器はあるか？」

「え？　あ、はい」

我に返った僕は、ゴミ箱を確認する。そこには、くしゃくしゃに丸められたコピー用紙しか入っていなかった。おそらく、宇治川がプリントアウトしたものだろう。

「紙だけです。液体を入れられるような容器は見当たりません」

答えながら、僕は室内を観察する。やはり、アルコール飲料の容器らしきものは見当たらなかった。

「そんなわけないでしょ。じゃあ、どうして宇治川さんは酔っているっていうの？」

墨田の声が大きくなる。

「消毒用のアルコールを飲んでいるということはありませんか？　廊下とかに置かれ

ているやつを」

一度、そのような症例を見たことがあった。しかし、墨田は首を横に振る。

「アルコール依存症の患者が消毒用アルコールを飲もうとするのは珍しくない。だから、この病棟では使ってないの」

「じゃあ、どうして……」

ソファーで眠りこけている宇治川を、僕は見下ろす。

「酒があるはずのない部屋で酔いつぶれた小説家か。面白いな」

鷹央はシニカルな笑みを浮かべながら墨田に視線を送った。

「よかったら、私がこの謎《なぞ》を解いてやろうか」

3

「なんだよ、墨田のやつ。せっかく私が診断してやろうとしたのに」

ぶつぶつとつぶやきながら、鷹央は皿に盛られたカレーをかき混ぜる。

翌日の昼過ぎ、午前の外来業務を終えた僕と鷹央は、屋上の〝家〟で昼食を取っていた。

「まだ言っているんですか？　しかたないですよ、べつにものすごく不可解なことが起こったわけじゃないですし」

　僕はサンドイッチを頬張《ほおば》りながら言う。

　昨日、鷹央が口にした診察依頼の提案を、墨田は「必要ない」と一言で切り捨て、僕たちを精神科病棟から追い出した。

「酒を入れていた容器がみつからないのに、泥酔していたんだぞ。十分不可解だろ」

「そうですかねぇ。たんに誰かが酒を持ち込んで、宇治川さんに飲ませただけじゃないですか。容器が見つからなかったのは、飲み終わったあと、その人が回収したからでしょ」

「入院してから昨日までの間、宇治川に面会したのは担当編集者の野中と、妻の真穂子だけだ。昨日の朝の時点で宇治川が酔っていなかったことは、看護師によって確認されている。そして、妻の真穂子が面会に来たのは一昨日の午後だ。そうなると、真穂子が宇治川に酒を提供し、容器を持って帰ったとは思えない」

「……なんでそんなこと知っているんですか？」

「スパイを使ったんだ」

「スパイ？」

　鷹央はにっと口角を上げた。

「そう、私が精神科病棟をうろつくと墨田に追い出されるから、代わりにとある人物を派遣して、看護師から情報収集させた」

精神科病棟の看護師と顔見知りなほど顔が広く、細かい情報を引き出せるほどコミュニケーション能力が高い。そして、鷹央が頼みごとをするほど信頼しているとなると……。

脳裏にショートカットの研修医の姿が浮かぶ。

鴻ノ池のやつ、とうとう鷹央先生の諜報員《ちょうほういん》になりやがった。

「それじゃあ、野中さんが持ってきたんじゃないですか？　昨日、野中さんは鞄《かばん》を持っていました。実はあの中にアルコール飲料の容器を隠していたんじゃ」

「昨日、野中が面会に訪れたのは、私たちが精神科病棟に到着する数分前だったらしい。たった数分で、あんな正体をなくすまで泥酔すると思うか？」

「思いませんね」

いくら短時間で大量のアルコールを飲んだとしても、それが消化管から血中に吸収されるまでにはタイムラグがある。わずか数分で正体をなくすまで酔いつぶれるとは考えにくい。

「そもそもよく考えたら、野中さんにも奥さんにも、入院中の宇治川さんに酒を差し入れる動機がないですよね。酔って執筆できなくなったら、野中さんは締切りまでに短編小説を手に入れられなくなるし、奥さんはなんとか宇治川さんのアルコール依存症を治そうとしているんだから。残るは医療スタッフですか……」

「可能性は低いだろうな。アルコール依存症で入院中の患者に酒を提供するなんて、危害を加えるに等しい。医療倫理的に許されない行為だ。もし見つかったら大きな罰を受ける。そのリスクをとってまで、そんなことをするスタッフがいるとは思えないし、思いたくはないな」

鷹央はスプーンですくったカレーを口に運ぶ。

「危害……ですか」

「ん、どうした？　険しい顔して。またナースにでもフラれたか？」

「フラれていません！　というか、またってなんですか」

「またっていうのは、『再び』という意味だ。お前は去年この病院に赴任してきてから、合計八人のナースや薬剤師にコナをかけたが、ことごとくフラれてきた。一番最近では……」

「それ以上言わないで！　ナースは関係ありません！　というか、どうしてそこまで細かい情報を知っているんですか」

「私の使っているスパイが優秀だからだ」

鴻ノ池、あいつ……。

僕が拳《こぶし》を握りしめていると、鷹央が「で、なにを難しい顔をしていたんだ」と軽くスプーンを振る。

「土曜日、宇治川さんが救急搬送されたとき、『殺される』とか口走っていたんですよ」

「殺される⁉」鷹央は勢いよくソファーから立ち上がる。「そんな重要な情報をなんで黙ってた！」

「いや、そのとき宇治川さんは泥酔していたんで、アルコールによる混乱状態で口走っただけだと……」

「自分でそう判断したのか？」

「いえ、精神科の日直医の判断ですけど……」

鷹央から冷たい視線を浴び、声が尻《しり》すぼみになってしまう。

「おい、何度も言っているだろ」

鷹央の声が低くなる。

「自分の目で患者を見て、自分の頭を使い、そして内科医としての自分のプライドをかけて診断をくだすこと。それが統括診断部の仕事だ。他人の診断を鵜呑《うの》みにしてどうするんだ」

「……すみません」

鷹央の言う通りだ。自分が救急要請を受けた患者にもかかわらず、精神科医の診断をなんの疑いもなく信じていた。

「誰かが害意をもって酒を差し入れているとしたら大問題だ。アルコール依存症は命にかかわる疾患だ。やはり、私は今回の謎を解かなくてはならない。たとえ、墨田に反対されたとしても。統括診断部の誇りにかけて」

鷹央はスプーンを持った手を天井に向ける。

どんな困難があったとしても、患者のために全身全霊で診断を下す。その強い意志が伝わってきた。(色々と問題はあるが)この人に師事できることに、いまさらながら喜びを感じる。

「それに、まだ宇治川心吾のサインをもらっていない。どうにか閉鎖病棟に潜り込んで、『雪見山荘』にだけでもサインを書いてもらうんだ!」

……感動を返せ。

「とは言っても、鷹央先生は出禁になっているんですよ。潜り込むって、実際問題どうします」

「そうだな……」

ソファーに腰を戻した鷹央は、口と皿の間でスプーンを往復させながら考え込む。

数十秒後、なにか思いついたのか、鷹央はいやらしい笑みを浮かべて「なあ」と僕を見た。

「小鳥、お前、コスプレは好きか？」

「嫌です！」

「なんだよ。まだなにも言っていないだろ」

「言わなくても分かります。前みたいに警備員の格好して、段ボールに隠れた鷹央先生を台車で運べっていうんでしょ。無理ですよ」

かつて『呪《のろ》いの動画事件』の際、その方法を使って閉鎖病棟に侵入したことがある。

「なんで無理なんだよ」

鷹央は頬を膨らませる。

「あのときはまだこの病院に赴任してすぐで、僕の顔を知っている精神科病棟のスタッフはいませんでした。けれど、いまは状況が違います」

「ああ、そう言えばお前をフッたナースの中に、精神科に勤めている奴《やつ》がいたな」

「その話はもうやめて！」

「そうなると、サインをもらうためには他の方法を考える必要があるか」

鷹央は腕を組んで唸《うな》りだす。この人、サインが主な目的になってないか？

呆れながらサンドイッチを食《は》んでいると、腰のあたりから電子音が響いてきた。僕は白衣のポケットから、院内携帯を取り出す。

「はい、小鳥遊です」

『小鳥遊先生、墨田よ』

「え、墨田先生？　どうかしましたか？」

『統括診断部に診察依頼をしたいの……』

喉《のど》の奥から絞り出すような声が聞こえてきた。苦悩に満ちた墨田の顔が目に浮かぶ。

「診察依頼ですか？　いったい誰の？」

『宇治川さんに決まっているでしょ。いいからすぐ、うちの病棟に来て！』

切羽詰まった声を残して回線が切られた。僕は掌《てのひら》の中にある携帯をまじまじと見つめる。

どうやら、天敵である鷹央に直接依頼をするのは業腹《ごうはら》なので、僕にかけてきたらしい。しかし、なにが起こったというのだろう。いまの焦りようは尋常ではなかった。

「鷹央先生、宇治川さんが……」

僕が声をかけようとすると、鷹央はすでに白衣を羽織って玄関の扉を開いていた。

「さっさと行くぞ」

どうやら人並み外れた聴力で、携帯から漏れてくる墨田の言葉を聞き取ったようだ。僕もわきに置いていた白衣を摑《つか》んで玄関に向かった。

「なにがあったんでしょうね」

〝家〟を出て、小走りに屋上を進みながら鷹央に声をかける。

「さあな。ただあの様子だと、宇治川の身になにか良くないことが起こったんだろう」

そのとき、ぱたぱたとサンダルを鳴らしている鷹央の手になにかが握られていることに僕は気づく。

「あの、鷹央先生……。それは……」

「ん？『雪見山荘の惨劇』に決まっているだろ。今日こそサインをもらわないと」

精神科病棟に到着する。話が通っていたらしく「こちらです」と看護師が閉鎖病棟の扉を開けてくれた。

宇治川の病室の前に到着すると、中に二人の女性が立っていた。墨田と、宇治川の妻である真穂子だった。

「どうしたんだ」

鷹央が（『雪見山荘の惨劇』を片手に）訊《たず》ねると、墨田は無言で扉が開いたままのトイレを指さした。見ると、壁にもたれかかるような体勢で宇治川が座っていた。その虚《うつ》ろな目は血走り、顔は紅潮している。

「来る、く、来るな！　誰も、お、俺に、近づくな！」

宇治川は呂律《ろれつ》のまわらない口調で怒鳴りながら、しきりに目をこする。焦点が合っていないのかもしれない。

壁に背中をあずけたまま立ち上がろうとするが、足に力が入らないのか、宇治川はその場に崩れ落ちる。

「心吾さん！」

真穂子がとっさに手を伸ばす。しかし、宇治川はその手を乱暴に振り払った。

「さわ、さ、触るな！　俺を、一人に、一人にしてくれ！　誰か助けて、みんな、みんなが俺……、俺を殺そうとす、するんだ！」

悲鳴じみた声を上げた宇治川は、急に「うっ」とうめいて便器に顔を近づけると、獣の咆哮《ほうこう》のような音を立てながらえずいた。しかし、胃はすでに空っぽらしく、黄色い胃液がぽとぽとと口から零《こぼ》れるだけだった。

「どうなってるんですか、これは……？」

僕は唖然《あぜん》として訊ねる。墨田は細かく首を振った。

「真穂子さんがいらっしゃったので、一緒に宇治川さんの様子を見にきたの。そうしたら、こんな状態に……」

「こんな状態って、どう見てもひどく酔っているじゃないですか」

そう、いまの宇治川は明らかに悪酔いしている。ここまで嘔吐《おうと》して、意識も朦朧《もうろう》だということは、急性アルコール中毒に近い状態だろう。昨日見たときよりも明らかに悪化している。

「なんで入院中なのに、二日続けて泥酔しているんですか？　どこから酒を手に入れたんですか？」

「知らないわよ。昨日、あなたたちを追い出したあと、病室内は徹底的に調べた。それに面会に来る人には、アルコール飲料を持ち込んでないか持ち物検査までするようにしたのよ」

「でも、実際に……」

苦しそうにえずき続けている宇治川を、僕は見下ろす。

「昨日と同じだな」

部屋の奥から声が聞こえてくる。いつの間にか鷹央が、デスクのわきに置かれたゴミ箱を覗《のぞ》き込んでいた。

「ゴミ箱には、丸められたコピー用紙しかない。部屋を見渡しても、アルコール飲料が入っていた容器らしきものは見つからない。もちろん、冷蔵庫も空のままだ」

「ねえ、内科的疾患でこんなふうになってるんじゃないの？　呂律が回っていなくて、バランスが取れないんだから、脳の疾患とか」

墨田が青い顔で訊ねる。首筋を掻《か》きながら近づいてきた鷹央は、僕を押しのけてトイレを覗き込んだ。

「脳卒中などで呂律障害や運動障害を起こすことはある。ただ、この男のように目の充血、毛細血管の拡張による顔をはじめとする皮膚の紅潮までそろうとなると、アルコールによる酩酊状態であると考えるのが妥当だ」

「でも、宇治川さんがお酒を飲んだわけないの！　この部屋にアルコールが持ち込まれないよう、人の出入りも厳重にチェックして、細心の注意を払っていたんだから」

「たしかに不可解な状況だ。だからこそ私を呼んだんだろ」

楽しげに鷹央が言ったとき、一際大きな声が上がった。

「出せ！　います、すぐに、俺をここから出せ！　誰か助けてく、くれ！　殺される！」

叫びながら、宇治川はトイレの壁に頭を打ちつけはじめる。鈍い音が響きわたった。額が割れ、流れた血が頬を濡《ぬ》らしても、宇治川は壁に頭突きを続ける。

「心吾さん、やめて！　お願いだから！」

涙声で真穂子が叫んだ。

慌てて「やめてください」と体を押さえるが、宇治川は激しく全身を動かし、必死に僕の手から逃れようとした。

「これ以上は危険。鎮静剤を打つわよ」

早口で墨田が言った。

「本当なら話を聞きたいところだが、そんな状態じゃないな。しかたがない、やってくれ」

鷹央が頷くと同時に、墨田は白衣のポケットから注射器を取り出し、「小鳥遊先生！」と鋭く言う。僕は宇治川の入院着の袖《そで》を肩までまくり上げ、両腕に力を込めて暴れる宇治川を押さえ込んだ。

躊躇《ちゅうちょ》することなく宇治川の肩に針を突き立てた墨田が、鎮静剤を三角筋へと注入していく。

「放せ！　は、放せ！　放せぇ！」

絶叫しながら暴れ続けていた宇治川だったが、しだいにその体から力が抜けていき、そして、がくりとうなだれた。同時に騒ぎを聞きつけた男性看護師たちが病室に入ってくる。

「とりあえず、脳卒中を否定するために頭部のＭＲＩを撮影しよう。それと採血をして検査に出す。結果が出るのに何時間かかるから、その間に関係者から話を聞くとするか」

意識を失った宇治川を眺めながら、鷹央は白衣のポケットから本を取り出す。

「この様子だと、今日もサインしてもらうのは難しそうだな」

「さて、それじゃあはじめるか」

隣の席に腰掛けた鷹央が言う。

騒ぎがあってから三十分ほどして、僕たちは精神科病棟の隅にある病状説明室にいた。名称通り、患者やその家族に病状を説明する際に使用される四畳半ほどの狭い部屋。デスクとパイプ椅子だけが置かれたこの空間に、重い空気が満ちている。

「なにを話せって言うの？　さっき言ったでしょ、見にいったら昨日よりもひどい泥酔状態になっていたのよ。お酒なんて持ち込めるわけがないのに」

向かいの席に座った墨田が苛立《いらだ》たしげに言う。その隣では、真穂子が暗い表情でうつむいていた。

「なあ墨田、精神科では初診の患者を診察するとき、まず何をする」

鷹央はすっと目を細める。気圧《けお》されたのか、墨田は軽く背筋を伸ばした。

「なによ、急に。初めて診る患者さんなら、まずは問診で話を聞いて、できるだけ情報を集めるわよ。その人がいまどういう状況で、受診するまでにどんな経過をたどったのか、こと細かくね」

「統括診断部も同じだ」

鷹央は低い声で言う。

「アルコールが持ち込めないはずの病室で、患者が酔いつぶれていたという不可思議な状況。その謎を解き、『診断』を下すためには、情報を集めないといけない。一見すると事件とは関係のなさそうな情報から、謎を解く手がかりが見つかることもある。だからこそ、詳細な話を聞く必要があるんだ。分かるだろ」

墨田は口を固く結んだまま、かすかにあごを引いた。鷹央は真穂子に視線を向ける。

「さて、それじゃあ最初からいこう。宇治川心吾がアルコール依存症になったのは、いつ頃からなんだ?」

真穂子は沈んだ声で話しはじめた。

「主人はもともと、かなりお酒が好きでした。私は十年ほど前まで、文壇の方がよくいらっしゃる銀座のクラブでホステスをやっていて、定期的に飲みに来ていた主人と知り合ったんです。ただ、三年ほど前までは、それほど深酒はしませんでした」

「三年前に、なにかあったのか?」

「ご存知かもしれませんが、最近は出版不況と言われていて、本の売り上げが落ちているんです」

「宇治川さんぐらい有名でもですか?」

僕は目をしばたたく。

「はい、十年前に比べて初版部数は半分ほどになってしまいました。もちろん、それでも主人には固定ファンがついているので、かなり刷っていただいている方ではあります。なので、特に生活に困ることはありませんでした。ただ主人は、作品の質が原因で売り上げが落ちているのではないかと悩んでいました」

「それで酒量が増えていったのか?」

鷹央はあごを撫《な》でる。

「はい、じわじわと晩酌の量が増えていきました。ただ、それでも泥酔するようなことはほとんどありませんでした。……あれをはじめるまで」

鷹央が「あれと言うのは?」と訊ねると、真穂子は痛みに耐えるかのような表情で、か細い声を絞り出した。

「SNSです」

なにが起こったか見当がつき、僕は「ああ……」と声を漏らす。真穂子は重いため息を吐《つ》いた。

「三年前、新作を刊行する際に、宣伝になるからと編集者に勧められてSNSをはじめたんです。最初は自著の刊行情報だけを発信していたんですが、そのうちに読者と交流したり、新作の評判を検索するようになりまして……」

「悪い評判が多かったということか? 私は宇治川心吾の作品を全《すべ》て読んでいるが、最近になってクオリティが下がったとは思わないがな」

「読んでくださっているんですね。ありがとうございます」

真穂子は頭を下げたあと、哀《かな》しげにかぶりを振った。

「多くの読者の方は、天久先生と同じように楽しんでくださっています。ただ、中には『期待外れだった』『駄作だ』『宇治川心吾はもう終わった』などという意見もあります。それを見て、主人はひどく傷つきました。百の誉《ほ》め言葉より、一つの悪評が気になってしまう。人間とはそういうものなんです。特に、主人のような芸術家肌の繊細な人は」

「駄作だっていうのは正当な評価じゃないと思うぞ。最近の作品でも、宇治川心吾が生み出すトリックの独創性は、ミステリー作家の平均を遥《はる》かに上回っている。まあ、『雪見山荘』のラストの驚きに比べると、いくらか見劣りするのは確かだけどな」

「鷹央先生」

小声でたしなめながら、僕は鷹央の脇腹《わきばら》を肘《ひじ》で小突く。鷹央が「なんだよ」と遥かに強い力で僕に肘鉄をくらわした。そんな僕たちの前で、真穂子はふっと寂しげに微笑《ほほえ》んだ。

「『雪見山荘』ですか。主人にとっては、まさに呪《のろ》いの言葉です」

「ん？　どういうことだ？」

鷹央は小首をかしげる。

「『雪見山荘』はまだアマチュアの学生だった主人を、一気に本格ミステリー界の寵《ちょう》児《じ》にしてくれた大切な作品です。けれど、あの作品があまりにも衝撃的だったからこそ、その後に書いた作品はすべて『雪見山荘』と比較されました。なかなか面白いが、デビュー作ほどではないと」

「それがプレッシャーになっていたということか」

「はい。主人の目標は『雪見山荘』を超える作品を書き上げ、自分が小説家として成長していることを証明することでした。でも、デビューからの約三十年で百冊以上の作品を刊行してきたにもかかわらず、いまだに宇治川心吾の代表作は『雪見山荘』のままです」

「それは、つらいですね」

宇治川の心情を想像し、僕は顔をしかめる。

「ただ、三年前まではその悔しさを執筆の原動力としてうまく昇華できていたんです。けれど、SNSを頻繁に見るようになってからは、どんな自信作を出しても、『デビュー作より見劣りする』『宇治川心吾のピークは過ぎた』という、不特定多数の意見が雪崩《なだれ》のように襲いかかり、主人の心を蝕《むしば》んでいきました」

「そのストレスから逃れるために、酒量が増えていったということか」

鷹央の問いに、真穂子は力なく頷いた。

「はい。それまでは晩酌だけだったのに、そのうちに昼間から飲むようになりました。

体に悪いからやめた方がいいと止めても、適度に酒を飲んだ方が筆が進むんだと、とりあってくれなくて……。やがて朝から飲むようになり、酔っていない時間の方が少なくなってきました」

真穂子の目が充血し、潤《うる》んでくる。

「見るに見かねて、何度もやめてくれと頼みましたけど、どうしても飲まずにはいられないようでした。家の中にあるお酒を、主人が寝ている間に全て処分したこともあります。それに気づいた主人はパニックになって、烈火のごとく怒りはじめました」

典型的なアルコール依存症だ。僕はこめかみを掻きながら、ハンカチで目元を拭《ぬぐ》う真穂子を眺める。

「なるほど、アルコール依存になった経緯は分かった。で、さっき宇治川は『殺される』とか叫んでいたけど、それも以前からあったのか」

鷹央の質問に、真穂子は「ありました」と、蚊の鳴くような声で答える。

「SNSを見はじめたころから、『みんなが俺を追い詰めてくる』と愚痴をこぼすようになりました。そのうちに『俺にプレッシャーをかけて、自殺させようとしているんだ。みんなが俺を殺そうとしているんだ』とよく口走るようになって……。とくにお酒が切れたときに、頭を掻きむしりながら『殺される。殺される』と怯《おび》えるようになりました」

「アルコール依存症の精神症状だな。酒が切れたときに、強い被害妄想や幻覚が生じることがある」

「もう限界だと思い、嫌がる主人を無理やり連れて墨田先生の外来を受診したんです。それで、入院することになりました」

「よく入院に同意したな」

「もし拒否したら妻である私の同意のもとに強制入院してもらうって言い聞かせました。それにこのままじゃ、『雪見山荘』を超える傑作どころか小説自体が書けなくなると諭したら、渋々とですが理解してくれました」

「根っからの小説家というわけか。しかし、プレッシャーをかけられ自殺に追い込まれるというのは、被害妄想としては典型的とは言えない。なにか、実際にそれに近いことがあったんじゃないか」

真穂子の顔に暗い影が差す。

「……現在、出版される小説の大部分は赤字なんです。出版社はその損失を、一部の人気作家の本の黒字で埋め合わせている状態だと言われています。その中で、初版部数が下がったとはいえ、主人の作品はコンスタントに売れています」

「宇治川心吾は黒字を出せる作家として重宝されているということか」

「重宝……。言葉にすれば良いですが、実際は出版社同士で人気作家を奪い合っているのが実情です。確実に黒字が見込める作家なんて、本当にごくわずかなんです。その人たちのもとには、多くの出版社から連載の依頼が絶えません」

「連載ということは、締切りが生じるということだな」

「そうです。主人は責任感が強い人で、文壇の未来のことを常に考えていました。自分の作品を出すことで出版社が潤《うるお》い、新しい才能を世に出す余裕ができる。そう考えて、可能な限り依頼を受けてきました。その結果、毎月のように締切りに追われる生活になったんです」

昨日、「締切りに間に合わない！」「原稿を書いてもらわないと！」などとまくしたてていた野中の姿が頭をよぎる。編集者に追い詰められていると感じるのも当然だろう。

「野中さんの剣幕もすごかったですからね」

僕の言葉に、真穂子は深いため息をついた。

「野中さんは主人とは長い付き合いで、とても仕事熱心な方です。ただ、編集者として妥協を許さないあの人の姿勢は、作家には強いプレッシャーになるんです」

「土曜日はそれに耐えかねて、蕎麦屋《そばや》に飲みに行ったということですね。そして、酔いつぶれてこちらに搬送されてきた」

「短編だけは書き上げると主人は言っていましたが、もう限界です。このあと私から野中さんに連絡して、今回の短編は無理だとお断りするつもりです。いまの状態で執筆なんて、とても……」

話し疲れたのか、真穂子は力なくうなだれた。

「ふむ、これで入院までの経過はあらかた分かった。では、その後のことについて聞こうか。入院してからどのような治療を行ったんだ」

鷹央が墨田に視線を送る。

「週末に入院したから、面接によるカウンセリングは行えなかった。日直医からの報告によると、酔いつぶれているだけでなく、『殺される』と怯えているということだったから、ジアゼパムを内服させるように指示した」

ジアゼパムは鎮静作用や抗けいれん作用、抗不安作用などがある薬物で、てんかんや不安神経症、不眠などに対して処方される。

「妥当な判断だな。不安をとってパニックを抑えるし、アルコール離脱症状の予防になる」

鷹央はあごを撫でた。

アルコール依存症の患者が急に飲酒をやめると、アルコール離脱症状と呼ばれる様々な症状を呈することが多い。強い不安をおぼえて興奮状態に陥り、手の震えや激しい発汗、ときには全身のけいれん発作を起こすことすらある。また、強い被害妄想や、全身を虫が這《は》い回っているといった幻覚に襲われることも珍しくはなかった。

そこまで考えたとき、ふと僕はあることに気づいた。

「さっきの宇治川さんの症状って、もしかしたらアルコール離脱症状だったんじゃないですか？　ぴったり当てはまる気がするんですけど」

「なに言っているの。あなたの上司が『これはアルコールで酩酊状態になっているに違いない』って言ったのよ。なんでお酒に酔っている状態で、離脱症状を起こすのよ」

墨田が言うと、鷹央は首を横に振った。

「違うぞ。私はその可能性が高いと言っただけだ。脳卒中にアルコール離脱症状が重なっていたということも否定はできない」

「じゃあ、私が言ったことが……」

身を乗り出す墨田に向かって、鷹央が掌を突き出す。

「皮膚の紅潮などからアルコールを大量に飲んだと考えるのが最も妥当であるのは間違いない。ただ、いまの時点ではあらゆるケースを捨ててはいない。脳卒中と離脱症状の合併だけでなく、他の原因も含めてな」

「他の原因って、なにが考えられるのよ」

「それを調べるために、話を聞いたり、検査をしたりしているんだ」

鷹央は「分かったら続けるぞ」と墨田を見る。

「分かったわよ。で、あとはなにが訊《き》きたいの」

「週末、宇治川の様子はどうだった？　病室にはパソコンとプリンターが用意され、ゴミ箱にはコピー用紙が捨てられていた。仕事をしていたのか？」

「入院当日は、ジアゼパムの影響もあってほとんど寝ていたらしい。翌日の朝、私が様子を見に行くと目が覚めていたけど、前日の記憶はほとんどなかった。だから、状況を説明したうえで入院に同意してもらった」

「そのときは酔っている様子はなかったんだな」

「ええ、だいぶ怠《だる》そうだったけど、受け答えはしっかりしていたわよ。それで、離脱症状を予防するためにジアゼパムを追加で内服してもらったの。昼頃には、野中さんがノートパソコンとプリンターを持って面会に来たはず」

「野中さんは日曜の朝、うちに寄って、主人の使っている仕事道具を持って病院に向かったんです。デッドラインが近いから、出来るだけ早く書きはじめてもらわないとって」

真穂子が恨みがましい口調で言う。

「日曜日は普通に仕事ができていたのか？」

鷹央が訊ねると、真穂子の顔に複雑な表情が浮かぶ。

「日曜の午後、私も一時間ほど面会しました。そのとき、主人は野中さんに監視されながらパソコンに向かっていました。酔っている様子はなくて、私は入院できて本当に良かったと思いました。ただ、短編のアイデアがまとまっていないらしく、かなり苦しんでいる様子でした。ゆっくり休んでほしかったのに……」

「日曜の時点では、酒も抜けて仕事ができていたということだな。ちなみに、その日に面会に来たのは二人だけか？」

「ええ、そうよ。報告では、野中さんは面会時間ぎりぎりまで残ってから帰って、宇治川さんはそのあとも消灯までずっと仕事をしていたって。ただ、夜勤看護師が見回ったところ、深夜にも部屋から少し明かりが漏れていたから、就寝時間にも隠れて執筆をしていたのかも。昨日の朝、看護師が様子を見に行ったときは、凄《すご》く眠そうな顔でキーボードを打っていたらしい」

「締切り直前に徹夜することは、主人にはよくありました」

真穂子がつらそうに眉根《まゆね》を寄せる。

「月曜の朝に酔った様子はなく、昼前には泥酔状態になっていたということか。普通に考えたら、その間に飲酒をしたということになるな」

鷹央はあごに手を添えると、墨田が「そんなことあり得ない」とかぶりを振った。

「言ったでしょ、あなたたちが帰ったあと、病室をくまなく調べたって。冷蔵庫の裏とか、プリンターの中まで探したのよ。けれど、アルコール関係のものはなかった。もしかしたら、飲んだ容器を窓から外に捨てたかもしれないと考えて探したけど、やっぱり見つからなかった。それに、さっき言ったように、病室の出入りは完全にチェックして、アルコールを持ち込んでいないか、持ち物検査までしていたのよ」

「つまり、あの病室はある意味、酒が存在するはずのない〝密室〟だったということだな。にもかかわらず、その翌日、さらにひどく酔った状態で発見されたというわけか。魔法で〝密室〟内に酒を生み出して、飲み干したかのように」

鷹央は猫を彷彿《ほうふつ》させる瞳《ひとみ》を細めた。

「まるで酒の神、バッカスだな。そんな便利な魔法があるなら、ぜひ身につけてみたいもんだ」

「あっ、ＭＲＩの結果、出ましたよ」

僕が声を上げると、おやつのクッキーを齧《かじ》っていた鷹央が、「おお、ようやくか」と近づいてきた。墨田と真穂子の話を聞いてから三十分ほど経《た》っている。必要な情報を集めた僕たちは、屋上の〝家〟へと戻っていた。

「どうふぁ、なにふぁ異常はあるふぁ？」

手にしていたクッキーを口に放り込み、リスのように頰を膨らませた鷹央が、横から電子カルテの画面を覗き込んでくる。

「口にものを入れたまま喋《しゃべ》らないでくださいって、いつも言ってるでしょ。ああ、白衣にクッキーのかすがついてますよ」

たしなめながら、僕は頭頂部から頸部《けいぶ》までのMRI画像を流していく。

「特に問題はなさそうですね」

「しょうひゃにゃ……」

「だから飲み込んでから喋って」

不満そうな表情で口に溜まったクッキーを嚥下《えんげ》しようとした鷹央は、喉に詰まったのか、慌《あわ》てて胸を叩《たた》きはじめる。

「ああ、そんなに焦《あせ》るから。はい、これ飲んでください」

僕はそばに置いていた、飲みかけの缶コーヒーを差し出す。受け取って飲み干した鷹央は、今度はむせて激しく咳《せ》き込みはじめた。本当に落ち着きのない人だ。

「なんだよ、これ。ブラックじゃないか。なんでこんな苦いもの飲んでるんだよ」

「お子様には分からない味なんですよ」

「誰がお子様だ⁉ 私は二十八歳の立派なレディだ」

何度目だろう、このやりとり……。

「立派なレディは八つ当たりなんかしません。それよりこのMRI、特に異常はなかったですよね」

言い負かされた鷹央は、「ああ、なかったよ」とつまらなそうに言う。

「ということは、脳卒中は除外されますね。やっぱり、宇治川さんはアルコールを飲んでいたということでしょうか」

小さな勝利の余韻に浸りながら言うと、鷹央は腕を組んだ。

「その確率が高くなったな。だとすると、誰がどのようにアルコールを宇治川の病室に持ち込んだのか。そして、容器はどのように処理したのか。それが問題になる」

「宇治川さんが土曜日に入院して以降、病院のスタッフ以外であの病室を訪れたのは、真穂子さんと野中さんだけ。普通に考えたら、そのどちらかが持ち込んだことになりますけど、二人にはそんなことをする動機がないですよね」

「分からないぞ。入院した宇治川が酒を求めて苦しんでいる姿を見た真穂子が、少しくらいならと情にほだされてしまったのかもしれない。あとは、宇治川が『酒がないと執筆できない』と野中に酒を持ち込ませたとかな」

「あり得ない話ではないですね」

「まあ、宇治川に同情したのなら危険性は低いだろう。問題は、それ以外の動機でアルコールが差し入れされた場合だ」

「え？　危険性？」

僕がまばたきをすると、鷹央は表情を引き締める。

「お前だって知っているだろ。アルコール依存症は死に至る病だ。治療を受けることなくひたすら飲み続ければ、肝硬変や膵炎などにより命が脅かされる」

「誰かが宇治川さんの命を狙《ねら》っているってことですか？　でも、誰にもそんなことをする理由がないじゃないですか」

「そうとは言い切れない。最近売り上げが落ちていたとしても、宇治川心吾は約三十年間、人気作家の地位を守ってきた。かなりの資産を持っているだろう。妻が遺産を早く手に入れようと、アルコール依存症の治療を妨害したのかも」

「でも、真穂子さんは必死になって宇治川さんを精神科外来に受診させて、なんとか治そうとしているんですよ」

「それは本人が言っているだけだろ。もしかしたら、受診したのは宇治川本人の意思で、真穂子はしかたなくついてきただけかもしれない」

「そんな……」

「野中にも動機があるかもしれない。たしかに酒を飲ませれば依頼していた短編は手に入らない。けれど、原稿を落とされてでも宇治川に早死にして欲しかったとしたら？　例えば、宇治川との関係がこじれていて、すでに出版している作品の版権を引き揚げると脅されていたり」

「版権……?」

聞き慣れない単語に僕が首をひねると、鷹央は左手の人差し指をぴょこんと立てた。

「版権は著作物を商業出版する権利だ。著者がそれを引き揚げた場合、出版社は市場に出回っている該当書籍をすべて回収し、廃棄することもある」

「え? それって、ものすごい損失になるんじゃ……」

「ああ、宇治川心吾ぐらいの人気作家になったら、とんでもない影響が出るだろうな。小さな出版社なら経営が傾いてもおかしくない。もっとも自分の信用にかかわってくるから、よっぽどのことがない限り作家もそんなことはしない。抜かれることのない伝家の宝刀ってやつだ」

「それを宇治川さんがしようとしていたと? さすがに強引過ぎませんか」

「私が言いたいのは、宇治川とその周囲の者たちの間に、どんな感情が渦巻いていたのか、外部から窺《うかが》い知ることはできないということだ。よって、動機からアルコールを持ち込んだ人物を割りだすのは困難だ。だから、どうやって〝密室〟であったはずの病室にアルコールが持ち込まれたかに焦点を絞るべきなんだ。今回の件は、ホワイダニットではなくハウダニットなんだよ」

一度言葉を切った鷹央は、にやりと笑う。

「動機で言えば、精神科病棟のスタッフの中に宇治川の読者がいて、自分のお気に入りのキャラクターが作中で殺されたことを恨んでいた可能性だってあるぞ」

「そんな馬鹿《ばか》な」

呆《あき》れ声で言うと、鷹央は軽くあごを上げる。

「お前、映画の『ミザリー』を見たことないのか」

「……あります。めっちゃ怖かったです」

「あれは、原作者であるスティーヴン・キングがファンに小説の内容について注文をつけられたという実体験をもとに書かれているんだ。熱心な読者が、その作者を脅したり危害を加えようとしたりする例は珍しくない。たとえば、アーサー・コナン・ドイルは『最後の事件』でシャーロック・ホームズをモリアーティ教授と……」

いつものように鷹央が蘊蓄《うんちく》を垂れ流しはじめそうになったとき、ディスプレイに変化があった。

「あっ、宇治川さんの血液検査の結果が出ましたよ」

鷹央は「そうか！」と身を乗り出す。普段、話を遮られると（甘味を与えられるまで）いたく不機嫌になる鷹央だが、いまは謎《なぞ》を解くことの方が重要なようだ。おかげで、なにやらそら恐ろしい話を聞かないで済んだ。

僕がマウスをクリックすると、検査結果の一覧が表示される。鷹央は「ふむ」と画面を凝視した。

「ASTやALT、γ－GTPなどの肝酵素がかなり上昇しているな。アルコール性肝炎を起こしているんだろう。肝機能の状態を示すコリンエステラーゼが正常範囲内ということは、肝硬変にはいたっていないようだ。本格的に飲酒量が増えてから二、三年だから、そんなもんか。ただ、栄養状態はあまり良くないな。アルコール依存症の患者は酒ばかり飲んで、食事量が減ることがある。おそらくそれが原因だろう」

「軽い貧血もありますね」

僕が指摘すると、鷹央は頷《うなず》いた。

「赤血球が大きくなる大球性貧血を呈しているところを見ると、ビタミンB12や葉酸など、造血に必要なビタミンの摂取不足による巨赤芽球性貧血だな。アルコール依存症の患者でよく認められる」

「けど、これだけ見ると、ごく普通のアルコール依存症患者って感じですね。特にこれといった異常は……」

「……アシドーシス」

僕の言葉を遮るように、鷹央がぽつりとつぶやいた。僕は画面の下方にあるデータを確認する。

「ああ、たしかに軽いアシドーシスがありますね。それがどうかしましたか？」

アシドーシスとは血液が通常より酸性に傾いている状態のことを指し、様々な原因で起こる。ただ、宇治川のアシドーシスは極めて軽度だ。これくらいなら特に気にする必要はないと思うのだが。

「アシドーシス……、アルコール……、貧血……、ストレス……、小説家……」

僕の問いかけに答えることなく、鷹央は天井あたりを眺めはじめる。彼女の超人的な頭脳が事件の真相に近づいていることに気づき、僕は口をつぐむ。

数十秒間、視線を彷徨《さまよ》わせていた鷹央は、唐突に走り出した。

「あっ、鷹央先生」

呼び止める間もなく、鷹央は部屋の奥にある扉を開け、中に消えていく。寝室へと繋《つな》がる扉だった。普段から「寝室に入ったら殺す」と警告されているので、後を追うわけにいかない。

あの人は、やるといったらやる人だ。

状況が把握できないまま手持ち無沙汰《ぶさた》で待っていると、数分して鷹央が出てきた。

「よしっ、行くぞ！」

「え？　行くって、どこにですか？」

「宇治川心吾のところに決まっているだろ」

鷹央は意気揚々と言うと、大股《おおまた》で玄関に向かう。僕は「待ってください」と、慌てて椅子から立ち上がった。

〝家〟を出て、屋上を歩く鷹央の白衣に包まれた小さな背中を見たとき、ふと違和感をおぼえた。

なんかいつもとシルエットが……。白衣のポケットがパンパンに膨れている。

「なにぼーっとしてるんだ。来ないのか?」

声をかけられた僕は、「行きます行きます」と小走りに鷹央に近づいていく。「なにか分かったんですか? 宇治川さんの病室に行って、なにをするんですか? あと、なにをポケットに入れているんですか?」

階段を下りながら続けざまに訊ねるが、鷹央は得意げに鼻を鳴らすだけで答えない。

ああ、またか。僕は内心でため息をつく。鷹央は事件の真相に気づいても、土壇場までそれを明らかにしようとしないのだ。説明するのは面倒くさいとか、まだ仮説の段階で明らかにしたくないとか言っているが、周りの反応を見て楽しみたいだけじゃないかと僕はふんでいる。

六階にある精神科病棟に到着すると、そこにいた墨田に鷹央は「おーい」と近づいていった。

「宇治川心吾に会わせてくれ」

「は? なに言ってるの。ついさっき見たけど、まだ眠っているわよ」

「鎮静剤を打ってからそれなりに時間が経っている。そろそろ、刺激を与えれば目を覚ますだろう」

「そうかもしれないけど、多分、意識はかなり混濁しているはずよ。そんな状態で会ったって、まともに話なんか聞き出せないでしょ。問診をしたいなら、明日にでも……」

「いや、いますぐだ」

「もしかして、なにか分かったの？　たとえば、お酒が隠されている場所とか」

墨田が身を乗り出すと、鷹央は首を左右に振った。

「それは言えない」

「言えない？」

「ああ、そうだ」

墨田の目つきが鋭くなる。

「ふざけないで。なにか分かったなら、主治医である私に全部説明するのが当然でしょ。それができない理由でもあるの!?」

「あるぞ」

鷹央は動じることなく、刃物のような墨田の視線を受けとめた。

「私一人で会って、宇治川心吾を蝕んでいる疾患に対処しなければ、素晴らしい才能を持った作家がこの世から去ってしまうかもしれないんだ」

「この世から去る⁉」

墨田の声が裏返る。

「アルコール依存症の他に、宇治川さんはなにか病気にかかっているっていうの？　治療しないと、命にかかわるような重い病気に」

鷹央は「ああ、そうだ」と頷いた。

「それなら、なんの疾患なのか言って、すぐに治療すればいいじゃない」

「それじゃあダメなんだ」

鷹央は首を横に振る。

「なにも説明せず、私だけが病室に行き、宇治川心吾と話をする。そして、私が出たあとは、明日の朝まで誰も病室に入らない。それが、稀代《きたい》のミステリー作家を救う唯一《ゆいいつ》の方法だ」

「わけが分からない。そんな意味不明なこと、許可できるわけがないでしょ！」

声を荒らげる墨田を、鷹央はまっすぐに見つめる。視線の圧力に、墨田は口をつぐんだ。

「なあ、墨田。『陰陽師《おんみょうじ》の呪い』にかかったという男の治療で私が協力を仰いだとき、お前は言ったよな。私のことは嫌っているが、診断能力だけは認めると」

「……ええ、たしかに言ったわ」

「なら、診断医としての私を信頼してくれ。宇治川心吾を治療するためには、さっき言ったことがどうしても必要なんだ。それが、今回の事件で私が下した『診断』だ」

墨田は険しい表情で黙り込んだ。数十秒後、彼女は白衣のポケットから鍵《かぎ》を取り出し、閉鎖病棟へと続く扉を開く。

「好きになさい。ただし、明日にはどういうことなのか、しっかり説明してもらうわよ。ほら、さっさと行きなさい」

鷹央は胸を張ると、張りのある声で答えた。

「ああ、行ってくる」

4

「もうすぐ八時ですね」

僕は腕時計に視線を落とす。翌朝、僕は鷹央とともに、屋上の〝家〟で待機していた。

昨日、一人で宇治川の病室へと入った鷹央は、わずか十分ほどで出てきた。そして、「くれぐれも明日の朝まで、誰も病室に入らないようにな」と墨田に釘《くぎ》を刺した。

「予定通りなら、もうすぐ墨田から連絡があるはずだ」

手術着姿の鷹央は、ソファーに横になってハードカバーの本を読んでいる。

協議した結果、今日の午前八時に墨田たちは宇治川の病室に入ることになった。その際には、真穂子も立ち会うということだった。

「鷹央先生、宇治川さんの病室になにか置いてきましたよね。なにを渡したんですか？」

昨日、病室に入るときパンパンに膨らんでいた鷹央の白衣のポケットが、出てきたときには萎《しぼ》んでいたことに僕は気づいていた。

「内緒だ。種明かししたら楽しくないだろ」

やっぱり楽しんでいたのか……。

「そう言うと思いましたよ。で、さっきからなにを読んでいるんですか？」

「先月発売された宇治川心吾の最新作だ。なんと舞台は戦国時代で、落ち武者が逃げ込んだ村で起こった殺人事件を解決するんだが、この時代設定が実はトリックの重要な肝なんだ。どうだ、興味あるか？　興味あるだろう？」

それより、宇治川の身になにが起きているかの方が興味あるんだけど……。

「はいはい、興味あります。今度貸してくださいよ」

適当に答えると、鷹央は見せつけるかのように本を振った。

「貸してやりたいのはやまやまだが、これはあとで宇治川心吾にサインしてもらう予定だから難しいな。やっぱり、サイン本は大切に保管しないといけないし」

まさか、昨日、ポケットに詰まっていたのは宇治川の本で、病室でサインをねだったりしてないよな。そんなことを考えていると、軽い電子音が部屋の空気を揺らした。白衣のポケットから携帯を取り出した僕は、通話ボタンを押す。

『あんたたち、なに考えてるの⁉』

顔の横に携帯を当てた瞬間、鼓膜に痛みを感じるほどの怒声が響きわたった。

「え？　あの、墨田先生でしょうか？」

『そうよ、墨田よ。天久鷹央は一緒にいるの⁉』

声とともに、荒い息づかいが聞こえてくる。よほど興奮しているようだ。

「はぁ、いますけど……」

『それなら、さっさとあの馬鹿を連れてうちの病棟に来なさい！　いますぐに！』

怒鳴り声を残して回線が切られる。

ここまで激怒させるなんて、なにしたんだ、この人。

僕が視線を送ると、鷹央はにやにやと笑みを浮かべながら本をわきに置く。

「墨田、キレていただろ」

「ええ、めちゃくちゃ。いったいなにをしでかしたんですか？」

「現場を見ればすぐわかる。ほら、さっさと行くぞ」

鷹央は勢いよく立ち上がると、颯爽《さっそう》と白衣を羽織った。

精神科病棟に着くと、男性看護師が無言で閉鎖病棟の扉を開けてくれた。僕たちを見るその目には、明らかな非難の色が浮かんでいる。

……本当になにをしでかしたんだよ。

軽い頭痛をおぼえながら鷹央とともに宇治川の病室の前に到着する。引き戸を開けると、その隙間《すきま》からヒステリックな怒声が飛び出してきた。

「天久鷹央！　あんた、なに考えているの！」

脳天に突き抜けるような声に硬直している僕を尻目《しりめ》に、鷹央はどこ吹く風で部屋に入っていく。中には墨田と真穂子が立っていた。親の仇《かたき》を前にしたかのような二人の表情に、身を翻《ひるがえ》して逃げてしまいたいという衝動に駆られる。

「落ち着けって。この病棟には不安定な患者が多いんだろ。そいつらを不安にさせるぞ」

「落ち着けるわけがないでしょ！　なんてことをしてくれたの⁉」

墨田の額には青筋が浮かんでいた。無意識に踵《きびす》を返しそうになっている足をなんとか動かして、僕は部屋に入る。そのとき、鼻先を刺激臭がかすめた。

この匂《にお》いってまさか……。

驚いて足を早めた僕は、部屋の奥に広がっていた光景に言葉を失う。窓際《まどぎわ》に置かれたベッドに宇治川が横たわっていた。大きないびきをかく彼の顔は赤らみ、ベッドの周りの床には、ウイスキー、焼酎《しょうちゅう》、ブランデーなどの小瓶が十個近く落ちている。

「八時にここに入ったら、こんな状況だったのよ！　どういうことか、さっさと説明しなさい！　どうして、宇治川さんが酔いつぶれているの！」

いまにも摑《つか》みかかってきそうな勢いで墨田が訊ねる。そう、明らかに宇治川は酔いつぶれていた。そして、彼に酒を差し入れたのは間違いなく……。

「私が渡した酒を飲んだからに決まってるだろ」

悪びれることなく鷹央は答えた。

「どうして主人に飲ませたりしたんですか！　依存症の治療のために入院した人にアルコールを提供するなんて、許されるんですか！」

目を潤ませた真穂子が、握り込んだ拳《こぶし》をぶるぶると震わせる。

「二人ともそんなに睨《にら》むなよ。これは必要なことだったんだ。宇治川心吾の疾患を治すためにな」

「お酒を渡すことが、アルコール依存症の治療なんですか！」

嚙《か》みつくように真穂子が言うと、鷹央は左手の人差し指を立て、左右に振った。

「アルコール依存症じゃない。宇治川心吾は他の疾患に冒されていたんだ。しかも、二つの疾患にな」

「二つの疾患……？」

いぶかしげにつぶやいた墨田のわきをすり抜け、鷹央はベッドに近づいていく。

「なにをするつもりですか⁉」

警戒に満ちた声を真穂子が上げる。

「こんな険悪な雰囲気じゃ、なにかとやりにくいからな」

唇の端を上げた鷹央は、無造作に宇治川の肩を揺さぶった。

「あっ、そんなことしたら……」

昨日、パニックを起こして暴れた宇治川の姿を思い出し、僕は慌ててベッドに駆け寄る。宇治川の瞼《まぶた》がゆっくりと上がっていった。

「ここは……」

眠そうな口調でつぶやくと、宇治川は緩慢な動作で上体を起こした。

「ここは天医会総合病院だ。体調はどうだ？」

「天医会……、体調……」

視線を彷徨わせた宇治川は、幸せそうな笑みを浮かべた。

「ああ、昨日酒を持ってきてくれた先生か。体調は……いいよ。ああ、だいぶいい。楽になった。ありがとう。ただ……眠いな」

あくびを噛み殺した宇治川を見て、僕たちは息を呑《の》む。罠《わな》にかかった野生動物のように怯えていたこれまでの宇治川とは明らかに違う、穏やかな態度。

「小瓶とはいえ、度数の高い酒を十本近く飲んだからな。起こして悪かった。ゆっくり休んでくれ」

鷹央から促された宇治川は、言われた通りに上体を戻し、気持ちよさそうに寝息を立てはじめる。

「よし、成功のようだな」

満足げにつぶやいた鷹央は、固まっている僕たちに向き直る。

「いったいどうして……」

真穂子が呆然とつぶやく。

「どうして状態がよくなったかって？　もちろん、治療が効いたからだ」

「治療って、アルコール依存症じゃない病気に対してってことですか？」

「そうだ。宇治川を苦しめていたその疾患に対し、私は必要な処置を施した。その結果、一晩で病状が劇的に改善したんだ」

「その疾患ってなんなの⁉」

墨田が叫ぶようにたずねると、鷹央は得意げにその病名を告げた。

「急性アルコール中毒だ」

僕たちは眉根を寄せ、まばたきをくり返す。

「あの、主人がアルコール中毒なのは分かっています。そのために入院したんですから……」

おずおずと真穂子が言うと、鷹央は首を横に振った。

「依存症と中毒はまったく違う疾患だ。アルコール依存症は心身が酒に依存してしまい、飲酒行動を制御できなくなった状態だ。対してアルコール中毒は、大量の飲酒などにより血中アルコール濃度が異常に上昇し、中毒症状が引き起こされた状態を指す。まあ、一般的にはアルコール依存症のことを『アル中』などと呼んで、混同していることが多いけどな」

「そんなこと知っているわよ」

墨田が苛立《いらだ》たしげに言う。

「だとしても、道理に合わないでしょ。アルコール中毒の治療にお酒を飲ませるなんて」

「宇治川のアルコール中毒は、ただのアルコール中毒じゃなかったんだよ」

ただのアルコール中毒じゃない？　なぞなぞのようなその言葉に、僕は鼻の付け根にしわを寄せる。

「どういう意味？　そもそも、アルコール中毒だとしたら、誰がアルコールを病室に持ち込んだって言うの？」

「アルコールを持ち込んだ人物？　ああ、それなら野中だ。あいつが三日前の日曜、ここにアルコールを置いていったんだ」

鷹央の答えに、真穂子が目を見開く。

「野中さんがそんなことをするなんて……。担当編集者としてずっと主人を支えていたのに、なんで……？」

野中がアルコールを持ち込んで、宇治川に飲ませていた？　じゃあ、締切りに間に合わないと騒いでいたのは、全て演技だったということか？

野中は三日前に酒を病室に持ち込み、そして一昨日の昼、宇治川が酔いつぶれていると声を上げる直前に容器を回収したということだろうか。でも……。

僕が混乱した頭に手を当てていると、墨田が身を乗り出した。

「待って、それはおかしいでしょ。だって一昨日、野中さんが帰ったあと、私たちは病室を徹底的に調べて、アルコールがないことを確認しているのよ。なのに昨日の昼、宇治川さんは前日より遥《はる》かにひどい酩酊状態になっていた」

墨田が口にした内容はまさに、僕が疑問に思っていたことだった。一昨日の時点で室内にアルコールがなかったというのに、どうして昨日の昼、宇治川はアルコール中毒になっていたというのだろう。

鷹央は微笑《ほほえ》むと、ゆっくりと首を振った。

「いや、アルコールはずっとこの〝密室〟の中にあったんだよ。誰にも気づかれずにな」

「そんなはずない。私も立ち会って、隅から隅まで探したんだから。病室にお酒なんて絶対になかった」

「お前のいう通り、酒はなかった。ただ、宇治川心吾のもう一つの疾患を考慮に入れると、今回の事件の見え方がまったく変わってくる」

「もう一つの疾患ってなんですか？　主人の身になにが起きているんですか？」

真穂子が上ずった声で訊ねると、鷹央はゆっくりとその疾患を告げた。

「異食症だ」

「いしょくしょう……」

真穂子はたどたどしくその言葉をくり返す。

「ああ、そうだ。栄養がなく、一般的に食用にならない物質を食べたいという欲求に襲われる疾患だ。よくあるのは氷を大量に食べる氷食症や、土を食べる土食症だな。ただ、食べたくなるものは様々で、なかには乾電池や釘などの危険なものを口にしてしまい、救急搬送されてくる者もいる」

「主人がその病気だと……？」

「異食症の原因として、栄養失調や貧血、極度のストレスなどがある。その全《すべ》てが宇治川心吾には当てはまる。異食症が生じていたとしても、なんの不思議もない」

「宇治川さんが異食症を発症していたとしたら、なんだっていうの？　野中さんがお酒を凍らせて冷凍庫に入れて、宇治川さんをアルコール中毒にしたとでも？」

　墨田の言葉に、鷹央は軽く手を振った。

「いや、そんな方法じゃない。たしかに、野中は病室にアルコールを持ち込んだ。ただ、悪意はなかったんだ。まさかそれを宇治川が飲むとは、野中は思ってもみなかったんだよ」

「なにを言ってるの？　まどろっこしい説明はもう十分。いったいどこにアルコールがあったっていうの？」

　墨田が言うと、鷹央は「まだ分からないのか？」とデスクを指さした。

「プリンターだ。宇治川に執筆させようと日曜日、野中が持ち込んだプリンター。アルコールはずっとあの中にあったんだよ」

「プリンター……」

　デスクに視線を送った僕は、次の瞬間「あっ」と声を漏らす。

「まさか、宇治川さんのアルコール中毒って」

「ようやく気づいたか」

鷹央は芝居じみた仕草で両手を広げた。

「そう、アルコールはアルコールでも、メチルアルコールだ。宇治川心吾はメチルアルコール中毒になっていたんだよ」

＊

「メチルアルコール中毒？　それって……」

真穂子が不安げにつぶやく。

「アルコールとは炭化水素の水素原子をヒドロキシ基で置き換えた物質のことを言う。メタン、エタン、ブタンなどのアルカンの炭化水素が置き換えられた場合、それぞれメチルアルコール、エチルアルコール……」

「鷹央先生、ストップストップ」

僕が止めると、気持ちよさそうに説明をしていた鷹央が「なんだよ?」と睨んできた。

「いえ、ちょっと専門的過ぎてついていけないというか……。もう少し簡単にお願いできませんか」

「専門的って、これは高校化学で習う内容だぞ。お前だって大学受験のとき勉強しただろ」

「なんとなく記憶にある気はするんですけど、もう十年以上前のことなんで、正直さっぱり……」

「たった十年くらいで忘れるなよ。小鳥だからって、鳥頭になってどうするんだ」

いや、あなたの人間離れした頭脳と比べられても……。

内心で文句を言いつつ、僕は「すみません」と首をすくめる。

「分かったよ。小学生にでも分かるように説明すればいいんだろ。つまり、一口にアルコールと言っても無数に種類があるんだ。ただ世間一般には、『アルコール』といえばエチルアルコールを指す。酒に含まれるのがこれだ。他には消毒薬や燃料などに利用されているな。酒を飲んで急性アルコール中毒になったという場合は、厳密にはエチルアルコール中毒だということだ」

「主人は違う種類のアルコール中毒だったということですか？」

「そう、エチルアルコールではなく、メチルアルコール中毒だ。メチルアルコールは消化管から吸収されると、有害なホルムアルデヒドや蟻酸《ぎさん》へと血中で代謝される。その結果、代謝性アシドーシス、意識障害、視神経炎による視力障害などが起こる」

「もしかして昨日、宇治川さんがしきりに目をこすっていたのって」

僕が声を上げると、鷹央は頷く。

「ああ、おそらく視神経炎によって目のかすみなどが生じていたんだろう。私がメチルアルコール中毒を疑った理由の一つだ。まあ、決定的だったのは血液検査でアシドーシスを認めたことだったけどな」

「アシドーシス？　でもあれって、ごく軽度でしたよ」

「ごく軽度でもおかしいんだよ。昨日の宇治川の状態を思い出してみろ」

「昨日の……」

口元に手を当てて記憶を探る。昨日、病室に入るとトイレで……。そこまで思い出したとき、僕は目を見開いた。

「嘔吐《おうと》！」

鷹央は「そうだ」と僕を指さす。

「昨日、宇治川はひどく嘔吐していた。つまり、胃液を大量に排出していたということだ。胃液に含まれる胃酸は強力な酸性液だ。それを大量に喪失した場合、血液はアルカリに傾くはずだ。しかし、検査では血液がわずかながら酸性になっていた。つまり、なんらかの理由で胃酸の排出を上回る酸が体内で生じていたことになる。アシドーシスと視覚障害、そして宇治川の病状の時系列から、私はメチルアルコール中毒の可能性が極めて高いと考えた」

「病状の時系列ってどういうこと？」

墨田が眉間《みけん》にしわを寄せる。

「メチルアルコールはエチルアルコールと比べ、代謝される速度がかなり遅い。摂取してから症状が出るまで半日以上かかることが多いんだ。そして、初期は普通に酒に酔っているような酩酊状態となる。しかし、代謝がすすんで有毒物質の血中濃度が高くなると、めまいや強い吐き気、腹痛、目のかすみ、意識障害などが生じてくる」

鷹央はデスクに置かれていた卓上カレンダーを指さす。

「おそらく、宇治川が入院してから最初にメチルアルコールを摂取したのは三日前、日曜の深夜だろう。そして、半日ほどたった月曜の昼に、酩酊状態になった。さらに代謝が進んだのと、月曜の日中にも追加でメチルアルコールを摂取したことにより、火曜の昼の時点では血中の有毒物質濃度が高くなり、強い症状を呈するようになった」

「じゃあ、昨日の昼、宇治川さんが錯乱状態になったのは、その有毒物質のせいだったってこと？」

墨田が訊《たず》ねると、鷹央はあごを撫《な》でた。

「メチルアルコール中毒による体調不良、入院後に飲酒をしていないことによる離脱症状、そして間近に迫っている締切りのストレス。それらが複合的に影響したんだろうな」

墨田は考えを整理しようとしているのか、難しい表情を浮かべる。

「たしかに、宇治川さんの身に起こったことがメチルアルコール中毒で説明できることは分かった。けれど、そもそもメチルアルコールなんてどこにあったって言うの？　さっきプリンターを指さしていたけど、私たちはちゃんと内部も確認した。けれど、異常なんてなかったわよ」

「そう、異常がなかった。だからこそ、お前たちは見逃してしまったんだよ。すぐ目の前に、宇治川が摂取した毒物があったのに」

「なにを言っているの？」

墨田が眉間にしわを刻むと、鷹央が白衣のポケットに手を突っ込んだ。

「これだ。これこそが、宇治川が飲んでいたメチルアルコールの正体だ」

鷹央が取り出したものを見て、真穂子の口が半開きになる。

「インク……」

「ああ、そうだ。プリンターのインクには、溶剤としてメチルアルコールが使用されているものがある。宇治川は異食症を発症し、インクを飲まずにはいられなくなっていたんだ」

数秒間、啞然《あぜん》として固まったあと、墨田はデスクに駆け寄ってプリンターの上蓋《うわぶた》を開ける。

「インクなら入っていないぞ。昨日、私が回収しておいたからな」

鷹央は手にしているインク容器を掲げる。

「そう言えば、備品の購入は私がしているんですが、半年ぐらい前からプリンターのインクを買う頻度が増えていたような」

真穂子が口元に手を当てた。

「おそらく、その頃から異食症がはじまっていたんだろうな」

「でも、主人は酔いつぶれることはありましたが、昨日ほど苦しそうになったことはありませんでした。数ヶ月前からインクを飲んでいたとしたら、なんで昨日だけあんな状態になったんですか？」

「解毒剤を飲めなかったからだ」

「解毒剤……ですか？」

「これだよ」

鷹央は床に落ちていていた小瓶を拾い上げた。

「お酒の瓶？　ウイスキー？」

「そう、酒に含まれるエチルアルコールこそメチルアルコール中毒の解毒剤だ。同じ酵素によって代謝されていくので、メチルアルコールが有害物質に変化するのを防ぐことができる。だから、メチルアルコール中毒の患者には治療として、ウイスキーなどの強い酒を飲ませるんだ」

「じゃあ、主人が家で平気だったのは……」

「インクを飲んだとしても、すぐに酒も飲んでいたからだ。しかし入院後は、解毒剤である酒を摂取できなかったため、インクに含まれるメチルアルコールの代謝が進んでしまい、中毒症状を呈した。昨日、そのことに気づいた私は、すぐに酒を持ち込んで宇治川に飲ませ、治療を開始したんだ」

「あなたね、そこまで分かっていたなら、ちゃんと説明して主治医である私の許可を得ればよかったじゃない」

墨田が不満げに言うと、鷹央は鼻を鳴らした。

「治療だからと言って、アルコール依存症患者に大量の酒を飲ませるのを、お前はすぐに許可してくれたか?」

墨田の顔がこわばる。

「それは……、いまみたいにちゃんと説明してくれれば、たぶん許可したわよ」

「たぶんじゃだめなんだよ。メチルアルコール中毒は命にかかわる。海外ではよく、密造酒に含まれるメチルアルコールで死人が出ているんだ。だから、一刻も早く治療をするため、ああいう方法をとるしかなかった」

墨田は渋い顔で黙り込んだ。そのとき、ふと僕の頭に疑問が浮かぶ。

「ということは、メチルアルコール中毒は治って、いまはたんに酒に酔っている状態なんですね。けれど、四日前に酔いつぶれて救急搬送されたときとは、かなり状況が違っているような……。あのときは『殺される』と口走っていましたけど、今日はかなり穏やかな感じがしました」

「それは酒以外の治療が効いているんだろう」

「酒以外の治療？」

「昨日、酒を渡すとき、宇治川に伝えたんだ。いまの状態で執筆は続けられない、ドクターストップだとな。それで、差し迫っていた締切りのストレスが消えたんだろう」

「主人はそこまで締切りに追い詰められていたんですか？　締切りがなくなるだけで、そんなに楽になるくらい」

　真穂子が驚きの声を上げる。

「ああ、それだけじゃない。こうも言ったな」

　鷹央は目を細めると、気持ちよさそうに寝息を立てる宇治川を見た。

「『雪見山荘』ほどの衝撃はないかもしれないが、最近の宇治川心吾の作品からは物語の深みを感じる。小説家としての技量は、間違いなく上がっている。私は最近の作品の方が好きだ、とな」

「それで、あんなに穏やかに……」

呆然とつぶやく真穂子に、鷹央は向き直る。

「小説家にとって、情熱を注いだ著作は子供のようなものなんだろう。それを評価されることは、なによりも嬉《うれ》しいはずだ。そして、ネットの意見などより、目の前で読者に褒められる方が、きっと心に響く」

「……そうですね」

真穂子はベッドに近づくと、夫の頬に優しく触れた。

「主人はこのあとどうなるんでしょうか？　治療はできますか？」

「異食症もアルコール依存症も、その根本的な原因は締切りや自分の作品評価に関するストレスだろう。ここに入院してしっかり治療を受けたうえで、SNSを止《や》めさせ、執筆のスケジュールをもう少し余裕のあるものにすることで、かなり改善されるはずだ。きっと良くなるさ」

鷹央は「だろ？」と、墨田に流し目をくれる。

「言われなくても、しっかり治療するわよ」

墨田は乱暴に髪を掻《か》き上げた。

「ありがとうございます。本当にありがとうございます。なんとお礼を言ったらいいか」

真穂子が涙声で頭を下げると、鷹央は胸の前で両手を合わせた。

「お礼と言えば、宇治川心吾のサインってもらえるかな？」

＊＊＊

「へー、そんなことがあったんですね。私も立ち会いたかったなぁ」

隣に座る鴻ノ池が缶ビールを片手につぶやく。

二日後の金曜日、午後七時すぎ、僕は鷹央、鴻ノ池とともに屋上の〝家〟にいた。

宇治川心吾に診断をくだしたあと、鷹央が「アルコールにまつわる事件を解決したからか、酒が飲みたくなった」と言い出した。鷹央と酒を飲むのはできれば遠慮したかったが、自分が救急で受け入れた患者を救ってもらった手前、断るわけにもいかず、こうして勤務が終わったあと鴻ノ池も呼んで宴会をすることになったのだ。

「しかし、そこまで病むなんて、小説家って想像以上にストレスフルな仕事なんですね」

鴻ノ池はビールを口に流し込むと、「ぷはぁ」と口元を拭《ぬぐ》う。親父《おやじ》くさいやつだ。

「命を削って作品を書いているんだ。こっちも心して読まないとな」

鷹央はローテーブルに置かれた本に手を伸ばす。『雪見山荘の惨劇』と書かれた表紙をめくると、『天久鷹央先生へ　ありがとう　あなたは命の恩人です』という文字とともに、宇治川心吾のサインが書かれていた。

「あっ、『雪見山荘』ですね。私も読んでます。わぁ、サイン入りですか。いいなぁ」

鴻ノ池がはしゃいだ声を上げる。昨日、この飲み会にさそったとき、「もうすぐラストなんですけど、週末のツーリング先で読むためにとっておいてあるんです」とか言っていた。

「本人に伝えたように最近の本の深みも好きだが、せっかくなら初めて読んだ宇治川心吾作品にサインが欲しかったんだよ」

本を手に取った鷹央は、無邪気な笑みを浮かべる。

「いやあ、はじめてこれを読んだときは驚いた。まさか、プロローグと本編で三十年近く時間がずれていて、探偵役の父親が犯人だとは思ってもみなかったよな」

上機嫌にビールを呷《あお》っていた鴻ノ池がむせ返る。鷹央は「どうした？　大丈夫か？」と目をしばたたいた。

「あの、鷹央先生……。ミステリーでネタバレはどうかと思うんですけど」

僕がたしなめると、鷹央は不思議そうに小首を傾《かし》げた。

「ネタバレ？　この世に『雪見山荘』を読んでないやつなんているのか？　みんな知っているんだから、ネタバレになんかならないだろ」

「……そうですね」

軽く背中を叩《たた》きながら、小声で「ご愁傷様」と声をかけると、鴻ノ池はきっと僕を睨んできた。

「またご飯奢《おご》ってください！　この前の居酒屋より高級なお店で！」

「なんでそうなるんだよ」

「かわいそうな後輩に、美味《おい》しいもの食べさせて元気づけてあげようと思わないんですか？　そんな甲斐性《かいしょう》なしじゃモテませんよ」

「だからほっとけって！　どれだけ全力でたかろうとしてるんだよ」

僕は手にした缶酎ハイに口をつけ、ちびちびと舐《な》めるように飲む。うわばみの鷹央と飲むと、決まって深夜まで付き合わされる。酔い潰《つぶ》されないよう、可能な限りペースを落とさなくては。

まあ、無駄な努力だろうけど……。

数時間後、火曜の宇治川のようにトイレで苦しむ自分の未来が見える。

「明日はツーリングの予定なんで、日曜はどうですか？　前から行ってみたかったイタ飯屋があるんです」

「いつのまに奢ることが決定してるんだよ。日曜は予定がある」

「またまたぁ」

「またまたじゃない！」

なんで鴻ノ池と話すと、こんなに疲れるんだろう。

「え、本当に予定あるんですか？　まさか、誰かとデートとかじゃないでしょうね」

「違うよ。知り合いがキックボクシングのタイトルマッチに出るんだ。それを一人で見にいくんだ」

「え、キックボクシング？　いいなぁ。私も連れていってくださいよ」

「なんでお前と観戦しないといけないんだよ」

「いいじゃないですか。スポーツはみんなで見た方が楽しいですよ。そうだ、鷹央先生も一緒に行きませんか？」

「嫌だよ。むさい男同士が殴り合うのを見て、なにが楽しいんだ？」

鷹央はグラスに入った赤ワインを一気に飲み干す。

「えー、楽しいじゃないですか。血沸き肉躍るって感じで。行きましょうよぉ」

鴻ノ池が食い下がるが、鷹央は「嫌だって」と取り合わない。

「しかたないなぁ。それじゃあ、小鳥先生と私だけで行ってきます。なにかお土産買ってきますね」

鴻ノ池がついてくることは決定らしい。できれば断りたいのだが、しつこく食い下がってくるのが目に見えている。いまは酔い潰されないことにエネルギーを注がなくては。

僕が「まだ追加のチケット手に入るかな」なんて考えていると、玄関の扉が勢いよく開き、長身の女性が入ってくる。この病院の事務長にして、鷹央の姉である天久真《ま》鶴《づる》だった。

「鷹央、ちょっといいかしら」

真鶴は女優のように端整なその顔に柔らかい笑みを浮かべる。しかし、この場にいる者はみんなすぐに気づいた。彼女の目が、まったく笑っていないことに。

「ね、姉ちゃん。どうしたんだよ」

鷹央がかすれ声で言う。

「ちょっと噂《うわさ》で聞いたんだけど、あなた精神科に入院中の患者さんにお酒を渡したんですってね」

「い、いや、それには深い理由《わけ》があって」

赤ワインの瓶を持つ鷹央の手が細かく震えだした。

「そう。その理由については、いまから私の部屋でゆっくり聞こうかしら」

つかつかと近づいてきた真鶴は、鷹央の着ている手術着の襟首《えりくび》を無造作に摑んだ。

「いや、いまは飲み会の最中で……」

「あなたは当分禁酒です！　この部屋にあるお酒も没収します。ほら、さっさと来なさい！」

「そんな殺生《せっしょう》な！」

悲痛な声を上げながら連れて行かれる鷹央を見送りながら、僕と鴻ノ池は両手を合わせて無事を祈ることしかできなかったのだった。

神のハンマー

Karte.
02

1

「うわぁ、見ました小鳥《ことり》先生⁉ すごいの入りましたよ！」

歓声を上げた鴻ノ池《こうのいけ》の振り回す手が、風切り音を立てて鼻先を通り過ぎていく。

「危ないから暴れるな。おとなしく見てろって」

「だっていまのハイキック、もろに入りましたよ！ あれは立てませんって」

宇治川心吾《うじがわしんご》の事件が解決した四日後の日曜日、僕は（しつこくせがまれ、しかたなく）鴻ノ池を連れて、キックボクシングの試合を見に来ていた。リング上では、赤コーナーの選手が放ったハイキックが相手の側頭部を捉《とら》え、その体をなぎ倒したところだった。

「ファイブ、シックス……」

ダウンした選手が必死に立とうとしているが、遠目にも足ががくがくと震えているのが見て取れる。テンカウントを聞く前になんとか立ち上がるが、大きくバランスを崩してロープにしがみつき、ファイティングポーズをとることができなかった。

レフェリーが両手を交差させ、ＫＯを告げる。試合終了のゴングが会場に鳴り響いた。

「いやぁ、キックボクシングを生で見るのはじめてだったんですけど、すごい迫力ですね。こんな楽しいとは思いませんでした。こういう体育館で試合をやるんですね」

鴻ノ池は会場を見回す。練馬区にある総合体育館のメインホールに設置された会場。リングを取り囲む千席を超える観客席はほぼ埋まっていた。それほど広くない会場は、熱気に満ち溢《あふ》れている。

勝利選手への短いインタビューが終わると、十五分の休憩に入る。多くの観客たちがトイレや売店に行くために席を立った。

「もう半分終わったんですね。二時間あっという間だったな」

頬を紅潮させて鴻ノ池が言う。

「堪能《たんのう》してるな」

横目で視線を送ると、鴻ノ池はぐふふとこもった笑い声を漏らす。

「そりゃあ、もう。あんないい体した男たちが、汗を光らせながら半裸で殴り合ってるんですから」

「変な楽しみ方するな！」

「冗談ですよ、冗談。……半分は」

残りの半分は？

「ところで、小鳥先生の知り合いって、メインイベントに出場する挑戦者の、早坂翔馬《はやさかしょうま》っていう選手ですよね。なかなか渋くてかっこいい。けっこう好みかも」

鴻ノ池はパンフレットを開いて指さす。そこには、精悍《せいかん》な表情でファイティングポーズをとる男性が写っていた。

「狙《ねら》ってもダメだぞ。既婚者だからな。僕の後輩と結婚した」

「そうかぁ。紹介してもらおうと思ったのに残念だなぁ」

鴻ノ池は「あはは」と、軽い笑い声をあげた。

「で、小鳥先生はこの早坂選手と、どういう知り合いなんですか？」

「大学時代の空手部でコーチをしてくれていたんだよ。その頃からプロのキックボクサーとして活躍してて、色々な技術を教えてくれた」

「へー、プロが指導してくれていたんですか。贅沢《ぜいたく》だなぁ」

「うちの部の主将と幼馴染《おさななじみ》で、そのつてもあって一時的に指導してくれたんだ。ちなみに、その先輩は今日リングドクターをしている」

僕はリングサイドに座る白衣の男性に視線を向ける。

「轟《とどろき》って人ですね。ここに書いてあります」

鴻ノ池はパンフレットに小さく記載されている『リングドクター　轟勇人《はやと》』の文字を指した。

「ああ。四年上で、すごくお世話になった先輩なんだ。自分も大学時代にプロのライセンスをとって、何回かキックボクシングの試合に出てる。あの人が主将のころは、かなりしごかれたよ。いまは大学の救急部で働いているはずだ」

懐《なつ》かしい思い出に、自然と顔がほころんでしまう。

「元プロキックボクサーの救急医ですか。いまも鍛えているのかなぁ。あとで紹介してください」

「……お前、体で男を選ぼうとするのやめろよな」

呆《あき》れ声で言うと、鴻ノ池は「だから冗談ですって」と背中を叩《たた》いてくる。初めての格闘技観戦で興奮しているのか、いつも以上にテンションが高く、うざったいことこの上ない。

「そもそも、私はそんなに飢えてませんよ。同僚の男性研修医に、よくご飯に誘われるんですから。けど、いまは研修中の身ですから、恋愛にかまけている暇はないと思うんですよね。だから、かわりに鷹央《たかお》先生と小鳥先生をくっつけようとしてるんです。なんというか、恋愛シミュレーションゲームをやっているような感覚ですね」

「やめてくれよ、頼むから……」

強い疲労感をおぼえながら、僕は席を立つ。

「どこ行くんですか？」

「軽食を買いに行くんだよ。もう六時だろ、メインイベントまでけっこうあるから、腹ごしらえしとかないと」

「それなら私も行きます。奢《おご》ってください」

「お前、本当に遠慮がなくなってきたな」

会場から出て売店へ向かっている途中、トイレから出てきたジャージ姿の男とすれ違う。「あっ」と声を上げた僕は、反射的に手を伸ばして彼の前腕に触れた。しかし、男は気づかなかったのか離れていってしまう。

「早坂さん」

とっさに名前を呼ぶと、空手部時代のコーチであり、この興行のメインイベンターでもある早坂翔馬が振り返った。いぶかしげな表情が浮かんでいた顔が綻《ほころ》ぶ。

「ああ、小鳥遊《たかなし》君。来てくれたんだ。ありがとうな」

「当然じゃないですか。早坂さんがチャンピオンになる日なんですから」

「あれ、そちらの女性は？」

早坂が鴻ノ池を見る。

「はじめまして。天医会《てんいかい》総合病院の研修医で鴻ノ池舞《まい》といいます。今日は小鳥遊先生に連れてきていただきました」

鴻ノ池は慇懃《いんぎん》に自己紹介をしながら、頭を下げた。

「もしかして、小鳥遊君の彼女かな」

鴻ノ池は「いえいえ、違います」と大きく手を振った。

「私はたんなる後輩です。小鳥先生は直属の上司の、とっても可愛《かわい》い女医さんと付き合っているんですよ。もうラブラブなんです」

「外でまで変なデマを流すんじゃない」

一分も経《た》たずよそいきの仮面を外した鴻ノ池の頭を、僕は軽くはたいた。

「なんだか分からないけど、仲いいね。そうだ、よかったら控室に来なよ。律子《りっこ》もいるからさ」

僕が「悪いですよ」と遠慮しようとすると、鴻ノ池が両手を上げた。

「うわー、控室ですか。ぜひお邪魔したいです。どんな感じなんだろう」

「お前、少しは遠慮というものをおぼえろよ。ウォーミングアップの邪魔になるだろ」

僕が再び鴻ノ池の頭をはたくと、早坂は目を細めた。

「気にしなくていいよ。俺の出番まで、あと二時間以上ある。まだリラックスして過ごす時間なんだ。それに、小鳥遊君が来てくれたら律子も喜ぶよ」

「じゃあ、お言葉に甘えて少しだけ……」

　僕たちは早坂に連れられ、『関係者以外立入禁止』という看板の奥へと進んでいく。

「ここだよ」

　早坂に促されて扉をくぐると、長椅子《ながいす》が置かれた八畳ほどの部屋に、若い女性と中年男性が緊張した面持ちで座っていた。二人が着ているTシャツには、『必勝　早坂翔馬』と文字がプリントされている。

「あれ、小鳥遊先輩?」

　顔を上げた女性が僕を見て目を丸くする。空手部の後輩で、早坂の妻である律子だった。

「トイレに行ったら偶然会ってな。連れてきたんだよ。ああ、そちらは俺が所属しているジムの会長で別府《べっぷ》さん。こう見えて元日本チャンピオンの名選手なんだよ」

　早坂が言うと、律子の隣に座っていた人の良さそうな男性が立ち上がり、「別府和《かず》文《ふみ》です。よろしく」と会釈《えしゃく》をした。

「小鳥遊優《ゆう》といいます。大学時代、空手部で早坂さんにお世話になりました。こいつは、いま勤務している病院の後輩で、鴻ノ池舞です」

　鴻ノ池は「よろしくお願いします」と元気よく頭を下げる。

「こちらは空手部の後輩で、早坂さんの奥さんの轟律子……」

「やだ、小鳥遊先輩。いまは早坂律子ですよ」

律子はどこか力ない笑みを浮かべて訂正した。僕は「あ、悪い」と頭を掻《か》いた。

「あれ、轟って、たしかリングドクターの……」

鴻ノ池が首をひねると、律子は「ええ」と頷《うなず》いた。

「轟勇人は兄です。兄妹で同じ大学の空手部に入ったの」

「えー、じゃあお兄さんの親友と結婚したってことですか。わぁ、なんかそういうの憧《あこが》れるなぁ」

鴻ノ池が胸の前で手を合わせながら、羨《うらや》ましそうに言う。硬かった律子の表情もいくらか緩んだ。

「鴻ノ池さんは小鳥遊先輩の彼女さんなんですか?」

「いえいえ、ぜんぜん違います。小鳥先生は上司で可愛い……」

嬉々《きき》として、鴻ノ池はさっきと同じ話をくり返しはじめる。わざわざ訂正するのが面倒になってきて顔をしかめている僕の肩を、早坂が叩いた。

「小鳥遊君が来てくれてよかったよ。空気が軽くなった。律子も会長も、さっきからずっと黙り込んでいて、居心地悪かったんだよね」

それは僕ではなく、鴻ノ池のおかげだな。僕は内心でつぶやきながら、まるで十年来の親友のようになにやら楽しそうに話している鴻ノ池と律子を見る。そのとき、別府が立ち上がった。

「緊張するのも当然だろ。うちのジムで初めてのチャンピオンが誕生するかもしれないんだから」

「かもじゃないですよ、別府さん。俺は間違いなくチャンピオンになります。お世話になってから十年。遠回りしちゃいましたけど、今日、ちゃんと恩返ししますから」

早坂が胸の前で拳《こぶし》を握りしめたとき、扉が開き白衣を着た体格のいい男が部屋に入ってきた。リングドクターの轟勇人だった。

「翔馬、いるか？　おっ、小鳥遊じゃないか」

「どうも、お久しぶりです轟先輩。あっ、こっちは僕がいま勤めている病院の研修医で、鴻ノ池舞……」

鴻ノ池と轟を互いに紹介すると、律子が目を細めた。

「なんか、こうしてみんなが集まると、大学時代に戻ったみたいね」

「皆さん、仲が良かったんですか？」

鴻ノ池の問いに、律子は懐かしそうに視線を上げる。

「空手部の練習が終わったあと、ここにいるメンバーで食事に行ったりしてたの。あと、よく一緒にいたのは明日香《あすか》かな。小鳥遊先輩、ごめんなさいね。明日香も誘ったんですけど、今日はどうしてもバイト先の病院での勤務が外せないらしくて。会いたかったでしょ？」

「明日香さんって、どなたですか？　小鳥先生とどんな関係なんですか？」

鴻ノ池が食いつく。

「朝霧《あさぎり》明日香。空手部で私と同学年だった子で、いまは麻酔科医になってるの。小鳥遊先輩の元カノ……」

僕は「言わなくていい！」と慌《あわ》てて律子の言葉を遮った。早坂は小さく笑い声をあげると、轟に近づいていく。

「リングドクターがこんなところに来ていいのか？」

「休憩中だから問題ない。それより、なんというか……大丈夫か？」

轟の表情が硬くなる。

「ここまで来たんだ。覚悟は決まっているさ。あとは全《すべ》てを出し切って、チャンピオンベルトを巻くだけだ」

早坂が固めた拳を親友の胸に当てた。轟の顔からこわばりが消える。

「分かった。リングサイドで見守っている。それじゃあ、そろそろ休憩が終わるんで、俺は仕事に戻るよ」

轟が控室から出ていく。腕時計を見ると、もう試合が再開される時間だった。

「僕たちもそろそろお暇《いとま》します。早坂さん、頑張ってください」

「おう、任せておけ」

早坂は笑顔で拳を突き出した。


「ただいまより、JAKF日本ウェルター級タイトルマッチを開催します」

リングアナウンサーの声が会場に響き渡る。鴻ノ池が、「いよいよですよ、小鳥先生！」と肩を揺すってくる。

早坂の控室を訪れてから二時間以上が経ち、とうとうメインイベントがはじまろうとしていた。

「青コーナー、別府ジム所属、JAKF日本ウェルター級二位、早坂翔馬！」

会場の明かりが落とされ、ガウンを纏《まと》った早坂がスポットライトを浴びて入場してくる。その後ろには、律子と別府が付き添っていた。

「律子さん、セコンドもするんですか？」

「結婚してから、早坂さんの試合にはいつも律子ちゃんがセコンドについているんだよ」

「けど、なんか思いつめた顔をしてますね」

「タイトルマッチだ。そりゃ、緊張もするさ。うちの大学のコーチをしていた十年前の時点で、早坂さんはトップランカーで、すぐにでもチャンピオンになると思われていたんだ。ただ、これに勝ったらタイトルに挑戦できるっていう試合で膝《ひざ》の靭帯《じんたい》を断裂する大怪我《おおけが》をしてな」

「膝ですか。選手生命を左右しかねない怪我ですね」

「ああ、手術とリハビリに一年以上かかってようやく復帰したけれど、以前の動きは出来なくなっていたんだ。それで、負けが先行するようになって、早坂さんは引退を考えていた。それを思いとどまらせて、そばで支えたのが律子ちゃんなんだよ」

「わぁ、献身的ですね。美しい」

「その甲斐《かい》もあって、早坂さんは少しずつ実力を取り戻して、またランキングを上げていった。そして、とうとう今夜、タイトルマッチにたどり着いたんだ」

「それじゃあ、律子さんのためにも絶対勝たないとですね」

「ああ、早坂さんももう三十四歳。キックボクサーとしてはかなりのベテランだ。この試合にすべてかけているはずだ」

「私たちも全力で応援しましょう。早坂さん、頑張れー！」

鴻ノ池が声を張り上げる。ガウンを脱いでリングに上がった早坂は、四方の観客に向かって頭を下げた。

「続きまして、赤コーナーよりチャンピオンの入場です。朝倉《あさくら》キックジム所属、ＪＡＫＦ日本ウェルター級チャンピオン、不破雷也《ふわらいや》！」

けたたましいヒップホップミュージックとともに、金髪の若い男が入場してくる。小麦色に日焼けしたその体には、派手なタトゥーが彫り込まれていた。

「なんか、チンピラって感じのチャンピオンですね。ああいうの好みじゃないな。強いんですか、あの選手」

ラップに合わせて小刻みに体を揺すりながらリングに近づいてくるチャンピオンを見て、鴻ノ池がつぶやく。

「ああ、強いよ。不破雷也、高校時代にボクシングのインターハイで準優勝しているらしい。パンチでKOの山を築いて、無敗のままチャンピオンになった。すでに三回もタイトルを防衛している」

リングに上がった不破は、グローブを嵌《は》めた右手を伸ばして早坂に向けると、左手で喉《のど》を掻き切るような仕草を見せた。

「なんですか、あれ。態度悪い」

怒りの声を上げる鴻ノ池の隣で、僕は胸に手を当てる。自分が戦うわけでもないのに、震えるほどの緊張に襲われていた。

コミッショナーによるタイトルマッチの認定、国歌斉唱が終わり、試合開始のゴングを待つのみとなった。

「とうとうですね。ちなみに、早坂さんってどういう感じの選手なんですか？」

「蹴《け》り技を主体に戦うタイプだよ。長身から繰り出す前蹴りで距離を取りつつ、隙《すき》を見てはハイキックとか後ろ回し蹴りなんかの威力のある蹴りを叩き込むんだ」

ゴングの音が会場の空気を揺らした。同時に、まるで陸上の短距離走のように不破が走り出し、青コーナーの早坂に襲い掛かる。

前蹴りで距離を取って。僕がそう思ったときには、肩から体当たりをするようにして間合いをつめた不破が、振り回すようなフックを放っていた。

「クリンチして！」

自分がセコンドについているような気持ちになり、思わず叫んでしまう。しかし、早坂は重心を落とし、パンチをくり出した。

頭と頭を突き合わせながら、二人のキックボクサーはパンチを交換し合う。だが、その距離は明らかに不破の領域だった。早坂のパンチを捌《さば》きつつ、強烈な左フックでガードの上から脳を揺らし、右のショートアッパーであごを撥《は》ね上げる。早坂の口からマウスピースが飛んだ。

「ピンチですよ、ピンチ。距離を取らないと！」

胸の前で両拳を握りながら鴻ノ池が叫んだとき、不破が放った渾身《こんしん》の左ボディブローが肝臓を抉《えぐ》った。体をくの字に折った早坂の腹部に、不破は両拳を振るってグローブをめり込ませていく。

たまらず早坂が両手で腹をガードした瞬間、不破は飛び上がり、その勢いを乗せた膝蹴りを頭部へと放った。鈍い音が客席にまで響き、そして早坂が力なく膝をつく。二人の間に割って入ったレフェリーのカウントが、歓声にかき消されていく。

「立ってください、早坂さん！　立って！」

「頑張って！　立って！」

僕と鴻ノ池は拳を握りしめてエールを送る。

膝に手をつき、カウントエイトでなんとか立ち上がった早坂だったが、足元がおぼつかず、ロープに背中をもたせかける。その様子を見て勝利を確信したのか、不破はコーナーポストに上がって両手を高々と突き上げながら、早坂を見下ろした。

震える腕を上げてファイティングポーズを取った早坂を、レフェリーがじっと見つめる。

止められる。TKOを宣告される。

レフェリーの手がゆっくりと上がっていくのを見て、僕は唇を嚙《か》む。しかし突然、レフェリーは体を震わせて交差しかけていた手の動きを止め、数瞬、躊躇《ためら》うそぶりを見せたのち、「ファイ！」と声を上げた。

試合続行だ。僕は安堵《あんど》の息を吐《つ》いて胸を撫でおろす。

ニュートラルコーナーでパフォーマンスをしていた不破が、驚きの表情を浮かべ、慌ててコーナーポストから降りた。

レフェリーが再度「ファイ！」と声を上げる。

気を取り直したのか、不破は草陰から獲物を狙う肉食獣のように背中を丸めて前傾姿勢を取ると、マットを蹴った。押せば倒れそうな早坂にとどめを刺すべく、一気に間合いを詰めて大振りの右ストレートを放つ。迫りくる拳を前に、早坂は動かなかった。

負けた。そう思って目をそらしかけたとき、鈍い音が響いた。不敵な笑みを浮かべていた不破の表情が歪《ゆが》む。その拳は、間違いなく早坂をとらえていた。

早坂の額を。

突きを額で受けることでダメージを減らしつつ、相手の拳を破壊する。空手の技術の一つだ。

不破が後退する。頭部で最も硬い場所に、渾身の一撃を叩き込んでしまったのだ。拳の骨が折れたのかもしれない。

距離を取ろうとする不破を追って、早坂が前に出る。その額は割れ、血が流れていた。このまま退いては不利になると思ったのか、不破はバックステップをやめ、右のパンチを放とうとする。痛めた拳を振るうその姿に、チャンピオンとしての意地が見て取れた。

再び顔面に迫ってくる力のこもった一撃。しかし、早坂はそれを意に介さず、自らも右のストレートを放った。

二人の拳が交差する。ほんの刹那《せつな》の差、早坂の拳が先に不破のあご先を捉えた。糸が切れた操り人形のごとく脱力しながら、自らの拳に引っ張られるように不破がリングに崩れ落ちていく。

会場が爆発する。満員の観客が立ち上がり歓声を上げる。慌てて駆け寄ったレフェリーが、力なくリングに倒れているチャンピオンを見て両手を大きく交差させた。

「やった！　早坂さん！　やった！」

「やったー！」

僕と鴻ノ池は立ち上がり、両手を突き上げた。

あまりにも衝撃的な結末に沸騰する会場で、ただ一人、早坂だけが静かに立っていた。長年求め続けたチャンピオンという地位をつかみ取った両手をだらりと下げ、眩《まぶ》しそうに目を細めながらライトの光が降り注いでくる天井を見上げる。

律子がリングに上がり、涙で顔を濡《ぬ》らしながら早坂に抱き着く。早坂はずっと支えてくれた妻を抱きしめながら、天を仰ぎ続けた。

「いやあ、よかったですね。本当によかったですね」

涙声で鴻ノ池が言った。

「なに泣いてるんだよ、お前」

「小鳥先生だって、人のこと言えないじゃないですか」

僕は慌てて袖《そで》で目元を拭《ぬぐ》う。感動で胸がいっぱいになり、さっきからどうしても目が潤《うる》んでしまう。

リングでは、新チャンピオンの誕生を祝うセレモニーがはじまろうとしている。失神KOされた不破はすでに担架で運び出されていた。

表彰状と勝利者トロフィーの授与が行われ、いよいよチャンピオンベルトを巻くときが近づいていた。コミッショナーからチャンピオンベルトを受け取った別府は、嗚《お》咽《えつ》を抑えているのか固く口を結びつつ、早坂の背後に回る。

少し離れた位置に立つ律子に優しく微笑《ほほえ》みかける早坂の腰に、金色のベルトが巻かれる。レフェリーが早坂の手を取り、大きく挙げた。

両手を突き上げながら、早坂は拍手の雨を浴び続ける。僕と鴻ノ池も、夢中で両手を鳴らし続けた。そして……。

早坂が崩れ落ちた。

なにが起きたか分からなかった。まるで背骨が抜かれたかのように力なく倒れた早坂は、リング上に仰向けになりピクリとも動かない。

が大きく跳《は》ねた。

轟は早坂の首筋に触れて心拍を確認したあと、心臓マッサージを再開する。

「小鳥先生！」

鴻ノ池に名を呼ばれ、僕は我に返る。

「私たちも行きましょう！」

「あ、ああ……」

席を立った僕たちはリングへと近づいていく。リングサイドで関係者に止められそうになるが、「医者です！」と叫んでリングへ上がった。

「轟先輩！」

声をかけると、心臓マッサージを続けたまま轟が振り返った。

「小鳥遊、救急要請をしてくれ。あと、俺のバッグの中に点滴セットがある。点滴ラインの確保を頼む」

「私が血管を確保します」

鴻ノ池はバッグから生理食塩水パックと点滴ラインのセットを取り出すと、早坂の腕に駆血帯を巻いて静脈を浮き上がらせる。

すでに三人の医師が心肺蘇生をしている。処置に対しては十分な人手がある。いま僕がやるべきことは……。

僕は振り返ると、リングの下にいる関係者に「救急車は呼びましたか？」と訊《たず》ねた。彼が頷くのを確認した僕は、スマートフォンを取り出し、天医会総合病院の救急部へと電話をかける。救急隊が到着しても、受け入れ先の病院が決まらず搬送までに時間がかかることがある。一刻も早く必要な治療を施すためにも、それを防がなくては。

救急部の当直医に現状を報告したあと、僕は再び轟に声をかける。

「轟先輩、うちの病院の救急部が受け入れ可能です」

「うちの病院？」

「いま僕が派遣されている天医会総合病院です。三次救急病院で、救急車なら十五分くらいで着きます。すでに連絡を取って、治療の準備を整えてくれています。他の病院に搬送依頼をするより、天医会に行くのが一番早いはずです」

轟が「分かった」と頷いたとき、かすかに救急車のサイレン音が聞こえてくる。

「早坂さん、頑張ってください。お願いだから頑張ってください」

僕は祈りながら、早坂を見つめ続けた。

2

「……残念です。力及ばずもうしわけありません」

救急部のユニフォームを着た若い医師が声をかけてくる。今夜の当直である、丹羽《にわ》という名の救急医だった。

救急部に置かれた長椅子に腰掛けながら、僕は力なく首を振った。

「いや、ありがとう」

口から漏れた声は、自分でもおかしく感じるほど弱々しかった。

早坂がリングで倒れてから、一時間半ほどが経っていた。救急隊が到着したあと、早坂はこの天医会総合病院の救急室へと搬送された。救急車には轟と律子が乗り込み、僕は鴻ノ池のバイクの後ろに乗せてもらって病院へと向かった。

搬送後、治療は丹羽が引継いだ。強心剤の投与とともに心臓マッサージが続けられ、丹羽がかなり苦労しつつも気管内挿管し、人工呼吸器による呼吸管理を開始した。しかし、心臓の鼓動が再開することはなかった。搬送後、四十分ほどして、外の廊下で待機していた轟と律子が呼ばれ、もう蘇生する可能性はほぼないこと、これ以上の処置は早坂の体を痛めつけるだけだということが説明された。律子は気丈にも、心臓マッサージを受け続けている夫を涙が溢れる目で見つめたあと「処置を止めて下さい。お世話になりました」と頭を下げた。

丹羽による死亡宣告のあと、轟と律子は廊下へと戻っていった。いまは警察が来るのを待っている。明らかな病死の場合を除き、人が亡《な》くなったときは最寄りの所轄署に通報する義務がある。警察が死亡の際の状況を確認し、事件性の有無を調べるのだ。

僕はやけに重い体をおして立ち上がると、救急部の奥にあるベッドに近づいていく。そこに横たわっている早坂は、一見するとただ眠っているかのようだった。

「なんで……」

それ以上、言葉が出てこない。

「大丈夫ですか、小鳥先生」

心配そうに鴻ノ池が声をかけてくる。

「空手部の練習のあと、早坂さんとよく飲みに行ったんだよ。酒が入るとさ、絶対にチャンピオンになるんだっていつも言ってた。苦労して必死にトレーニングして、怪我を乗り越えて、ようやく今夜、夢をつかみ取ったんだよ。それなのに、なんで……」

僕は血が滲みそうなほど強く、下唇を噛む。鴻ノ池がおずおずと背中に手を添えてくれた。そのとき、「すみません」と遠慮がちに声がかけられる。振り返ると、丹羽が立っていた。

「これから早坂さんのCTを撮ろうと思うんですが」

「CT？　なんのために？」

「警察が来たら、死因を聞かれると思うんですよ。キックボクシングの試合のあと倒れて心停止したということは、頭蓋内《ずがい》で出血したんだと思います。それを確認したいんです」

「ああ、なるほど……」

力ない声を漏らすと、丹羽は「立ち会いますか？」と訊ねてくる。数秒迷ったあと、僕はあごを引いた。なぜこんなことになったのか、原因が知りたかった。

看護師たちにより早坂の体がＣＴ撮影室へと運ばれる。僕たちは隣にある操作室から、ガラス窓越しにその様子を眺めた。

「それじゃあ、撮影しますね」

放射線技師の言葉とともに、巨大なドーナツ状の機器が滑らかに移動し、放射線により早坂の体の内部を撮影していく。操作室に頭頂部から足先まで、体の輪切り画像が次々に表示される。僕の喉から「え？」という声が漏れた。

外傷性くも膜下出血か急性硬膜下血腫《けっしゅ》、どちらにしても頭蓋内で大量の出血が起こっていると思っていた。しかし、頭部のＣＴ画像に明らかな出血の痕跡《こんせき》は見て取れない。

「出血……してました？」

鴻ノ池が躊躇《ためら》いがちにつぶやく。放射線技師は「確認します」と、頭頂部から脳幹部まで、今度はゆっくりと画像を流していく。しかし、いくら目を凝らしてみても、やはり出血の痕跡は見られなかった。

「出血してないな。少なくとも、命にかかわるような量は」

丹羽が画面に顔を近づけた。鴻ノ池は眉根《まゆね》を寄せる。

「頭蓋内出血はなかったんですか？　じゃあ、なんで心肺停止状態に？」

「突然死の原因としては、脳じゃなければ心臓が考えられる。一番多いのは虚血性心疾患、つまりは心筋梗塞《こうそく》だ」

「でも、早坂さんはまだ三十代ですよ。しかもキックボクサーで、あんなに体を絞っています。糖尿病とか高脂血症みたいな、心筋梗塞のリスクになる生活習慣病があったとは思えません。煙草《たばこ》も吸わなかったでしょうし」

「格闘技の選手は減量のための水抜きで、重度の脱水状態になり、血液が濃縮される。そうなると血栓ができやすくなり、心筋梗塞や脳梗塞のリスクが上がる」

「そうですけど、試合前日の計量が終わったら水分をとって体調を戻すはずです。今日、早坂さんがひどい脱水状態だったとは思えません」

「とは言っても、状況から虚血性心疾患が一番考えられるのは間違いない。あとは、致死性不整脈が……」

鴻ノ池と丹羽が意見を交わしていると、扉が開いて看護師が「警察の方がいらっしゃいました」と顔を出す。

操作室から出た僕の顔が引きつった。救急部の出入り口近くに、スーツを着た体格のいい男が立っていた。見知った男だった。田無署《たなし》の刑事である成瀬隆哉《なるせりゅうや》。しかし問題は彼ではなく、その隣に立っている小柄な女性だった。

「鷹央先生⁉」

僕が声を上げると、鷹央は「よう」と軽く声を上げる。

「ようって、どうしてここにいるんですか？」

「成瀬から連絡があったんだよ。うちの病院で異状死の症例があったけど、私がかかわっているのかってな。なんのことか分からなかったから、確認しに来た」

鷹央は仏頂面の成瀬を指さす。

「そもそも、なんで成瀬さんが来ているんですか？　異状死の確認なんて、普通は制服警官が来るものじゃないですか？」

「あなたのせいですよ、小鳥遊先生」

成瀬が不機嫌を隠そうともしない態度で答えた。

「僕のせい？」

「そうです。この件、あなたが通報したでしょ」

たしかに、僕が説明した方がスムーズに進むと考え、警察への連絡を行っていた。

「うちの署ではね、あなたがたタカタカペアが絡《から》んでくる件は、全て私に押し付けられるんですよ。迷惑このうえない」

だから、そのタカタカペアっていうの、本当に止《や》めてくれないかな。辟易《へきえき》しつつ、僕は「それはお疲れ様です」と適当に答える。

「で、どんな状況なんですか？　事件性はありそうなんですか？」

ぞんざいな口調で訊ねてくる成瀬を、早坂の遺体が置かれているベッドのそばまで連れて行き、僕たちは十数分かけて状況を説明した。話を聞き終えた成瀬は鷹揚《おうよう》に頷いた。

「なるほど、キックボクシングの試合のあとに倒れて、そのまま亡くなったということですか。事件性はなさそうですね」

成瀬が言うと、「そうとは限らないぞ！」と鷹央が声を上げた。

「なんですか、天久《あめく》先生」

成瀬はじろりと鷹央を睨《にら》む。

「格闘技の死亡事故では圧倒的に頭蓋内出血が多い。次いで、頸髄《けんずい》の損傷だな。しかし、ＣＴではその所見は確認できなかったんだろう」

「だから、そちらの救急の先生は、心臓発作だとおっしゃったんでしょう」

成瀬は丹羽を指さす。

「その可能性が高いというだけだ。断言できるだけの根拠があるわけじゃない」

「じゃあ、それ以外の死因だと？」

「いや、いまの時点では、この男がなぜいきなり心肺停止状態になったのか分からない」

鷹央はベッドサイドに近づくと、両手を合わせて一礼したあと、早坂の遺体を調べはじめる。

「額に裂傷があるな。その他にも、顔面に打撲痕が認められる」

「一度、ダウンを奪われていますからね」

僕が言うと、鷹央は「ふむ」とつぶやいて早坂の胴体部に手を添える。

「右胸部と左側腹部に、カウンターショックの痕があるな。腹部にも皮下出血が見られる。蹴りかパンチか分からないが、かなりの衝撃を受けたはずだ。内臓に損傷はなかったのか？　肝臓、脾臓《ひぞう》、腎臓《じんぞう》などが割れたりは？」

「さらっと見ただけですけど、少なくとも腹腔内で大量に出血しているようなことはありませんでした」

「そうか。その他になにか異常な点は……」

鷹央は丹念に早坂の体を観察しはじめた。

数分後、成瀬がいやみったらしい口調でつぶやく。

「で、なにか見つかりましたか。この男性が殺された痕跡とか」

「いや、殺人を示唆《しさ》するような証拠は外表からは見つからないな」

「なら、やっぱり心臓発作だったんでしょう。事件でも事故でもなく、病死ですね。あとはご家族の話を聞いて、私は引き揚げます」

鷹央は成瀬の言葉が聞こえないかのように、無言で早坂の体を調べ続ける。成瀬はこれ見よがしにため息をつくと、「ご家族を呼んでくれますかね」と看護師に声をかけた。

看護師に付き添われ、轟と律子が救急室に入ってくる。

「田無署刑事課の成瀬と申します。この度はご愁傷さまでした」

警察手帳を示しながら、成瀬は事務的にお悔やみの言葉を口にした。

「お二人はドクターということでご存じでしょうが、病死以外で死亡が確認された場合は所轄署に連絡が入り、警察官が派遣されて事件性の有無を確認することになっています。今回は……」

「あの……」

成瀬の説明を弱々しい声で遮った律子は、いまだに早坂の体を丹念に調べている鷹央に視線を向ける。

「そちらの先生は？　夫の体になにか？」

「私は天久鷹央だ。なにか異常がないか調べているだけだから気にしなくていい」

鷹央は振り向くこともせず、軽く手を挙げた。その態度をたしなめようと口を開きかけるが、その前に律子が言葉を発する。

「天久……。もしかして小鳥遊先輩の上司で、たくさんの難事件を解決してきたドクターですか？」

なんでそのことを？　僕が眉根を寄せると、隣の鴻ノ池が首をすくめた。

こいつ、控室で律子となにか話していたと思ったら、そんなことまで伝えていたのか。

「天久先生のことはどうでもいいので、話を続けさせていただきます」

成瀬が大きく咳《せき》払いをする。

「えー、キックボクシングの試合のあとに突然倒れてなくなったという状況から、事故、もしくは病気によって死亡したものと思われ、事件性はないものと……」

「待ってください！」

再び律子に遮られた成瀬は、「なんでしょう」と不満げに言う。

律子は口を固く結んで俯《うつむ》いた。Tシャツの裾《すそ》を摑《つか》むその手が、小刻みに震える。

「どうしましたか？　なにか気になることがありましたら、どうぞ遠慮なくおっしゃってください」

「……れないって言っていました」

床に視線を落としたまま、律子は蚊の鳴くような声で言う。

「はい？　なんですか？」

成瀬が聞き返すと、意を決したかのように律子は勢いよく顔を上げた。

「自分は殺されるかもしれない。最近、夫がよくそんなことを言っていたんです！」

唐突な告白に、この場にいる誰もが目を見開く。律子はベッドに横たわる夫を充血した目で見つめると、絞り出すように言った。

「病気でも事故でもありません。きっと、夫は殺されたんです！」

3

単調なリズムの読経《どきょう》が鼓膜を揺らす。喪服を着た僕は、正面にある祭壇を見つめる。

そこには、ファイティングポーズをとる早坂翔馬の遺影が飾られていた。

早坂がリング上で命を落としてから五日後の金曜日、僕は通夜《つや》に参列していた。すでに時刻は九時を回っている。弔問客も十人ほどしか残っていない。わざと、通夜が終わるぎりぎりの時間に斎場を訪れたのだ。

焼香の順番が来るのを待ちながら、事件から今日までのことを思い起こす。救急室で律子が「夫は殺されたんです！」と口走ったことで、状況は大きく変化していた。

事件の可能性が出てきたということで、検視官が呼ばれることとなり、律子と轟は警察署で詳しい話を聞かれることになった。僕や鷹央もそれに立ち会おうとしたのだが、成瀬に「あなたたちは部外者でしょ」と一蹴《いっしゅう》された。

週が明け、どのような事態になっているか気になってやきもきしていると、火曜の夕方、成瀬から僕に電話があった。

「あなた方に教える必要はないのですが、黙っているとまた天久先生がせっついてくるでしょうから、一応報告しておきます。早坂翔馬の死亡については、病死の疑いが強いということで、事件性はないと検視官が判断しました。以上です」

早口でそれだけ言うと、成瀬はさっさと電話を切ってしまった。

事件性はないということは、捜査しないということだ。当然、司法解剖も行われず、一般的な病死として処理される。

なかば予想していたことなので、驚きはなかった。律子の証言以外、事件を疑わせるような痕跡はなかった。事件性なしと検視官が判断したのも妥当だろう。

僕はゆっくり目を閉じる。瞼《まぶた》の裏に、チャンピオンベルトを巻かれ、両手を突き上げた早坂が崩れ落ちていくシーンが蘇《よみがえ》る。

千人以上の観客の視線を一身に浴びながら早坂は倒れたのだ。それだけの目撃者がいるなかで、殺人などできるはずがない。

衆人環視の殺人。

脳裏に浮かんだそのキーワードを、僕は頭を振って消し去る。衆人環視によって、いわば〝密室〟と化していたリングで殺人が起こる。そんなミステリー小説みたいなこと、現実にあるわけがない。早坂さんは病死したんだ。

自らに言い聞かせていると、焼香の順番が回ってきた。立ち上がった僕は、枷《かせ》がつけられたように重い足を引きずって祭壇へと近づいていく。遺族席には、喪主である律子が一人で腰掛けていた。

「このたびはご愁傷さまでした」

型通りのあいさつをすると、律子は「恐れ入ります」と弱々しく答える。憔悴《しょうすい》しきったその姿に、胸が締め付けられた。

祭壇の前に立ち、遺影に向かって頭を下げる。

チャンピオンベルトを腰に巻かれたあのとき、早坂は間違いなく人生最高の瞬間を迎えていた。なのに、なぜその絶頂から、死という奈落へと落ちなくてはならなかったのだろう。

力なくうなだれている律子を、僕は横目で見る。

ずっと自分を信じて支えてきてくれた妻と、喜びを分かち合いたかったはずだ。しかし、それは叶《かな》わぬ夢となってしまった。早坂の無念を想像し、僕は奥歯を噛みしめる。

焼香を終えた僕は、棺《ひつぎ》の窓を覗《のぞ》き込んだ。

早坂の顔には、どこか満ち足りた笑みが浮かんでいた。


「わざわざお越しいただいてありがとうございます」

対面に座る律子が深々と頭を下げる。

通夜が終了してから約三十分後、僕は斎場にある遺族控室にいた。僕の両隣には、喪服姿の鷹央と鴻ノ池が座っている。テーブルを挟んだ対面には、律子とともに、兄である轟と、早坂が所属していたジムの会長、別府が腰掛けていた。

焼香を終えた僕は、斎場の外で鴻ノ池のスマートフォンに電話した。通夜のあと律子たちから話を聞くために、鷹央と鴻ノ池は近くのファミリーレストランで待機していたのだ。

「すまないな。本当は焼香をしたかったんだが、どうしても通夜の席が苦手なもので」

鷹央は上目づかいに律子を見る。重度の聴覚過敏の鷹央にとって、読経と木魚の音が響き、多くの人が小声で話をしている場は耐えがたいのだ。

「気になさらないでください。こうして、話を聞いていただけるだけで十分です」

律子は弱々しく微笑んだ。

成瀬から連絡があってすぐ、鷹央は律子から話を聞こうと言い出した。警察が捜査しないというなら、かわりに自分があの日なにが起きたのか解明すると。

もし本当に何者かが早坂を殺害したとしたら、さっき焼香のとき僕の頭をよぎったように、『衆人環視の殺人』ということになる。超人的なその頭脳を役立てる機会を常にうかがっている鷹央にとっては、まさにうってつけの事件だ。

鷹央の意向を伝えると、律子は「ぜひお願いします」と答えた。ただ、葬儀の準備などですぐには時間を取れなかったので、こうして通夜が終わった後に話を聞くことになった。

「律子ちゃん、大丈夫？」

律子の肩がかすかに震えていることに気づき、僕は声をかける。

「きついようなら、後日、落ち着いてからでも……」

「いえ、大丈夫です」

律子は自分に言い聞かせるように言った。

「あのとき、翔馬さんの身にいったいなにが起きたのか、どうにか明らかにして欲しいんです」

「じゃあ、まずは早坂が『殺されるかもしれない』と言っていた件についてだ。どんな状況でそれを聞いたんだ」

鷹央が促すと、律子は小さな声で語りはじめた。

「はっきり、いつとは覚えていません。ただ、タイトルマッチが決まってから、夫は厳しい顔で黙り込むことが多くなりました。もともと、明るくてよく喋《しゃべ》る人だったのに」

「それって、夢だったチャンピオンに近づいて、ナーバスになっていたからじゃないですか」

鴻ノ池が言うと、律子は首を横に振った。

「最初はそう思っていました。けど、あまりに様子がおかしいからどうしたのか訊ねると、こう言ったんです。『俺はもうすぐ殺されるかもしれない』と」

「誰に殺されるかもしれないのか、言っていたか？」

鷹央が訊ねる。

「聞きましたけど、黙り込んで教えてくれませんでした。その様子があまりにもつらそうだったので、気にはなっていましたが、その話題は口にしないようにしていました。ただ、実際に夫が命を落として……。だから、警察に言わなくてはと思ったんです」

「それは、きっと比喩《ひゆ》だったんじゃないかな」

別府が声を上げる。鷹央は「比喩とは？」と聞き返した。

「たしかに翔馬は最近、かなりピリピリしていた。けれど、やっぱりそれは試合が近づいていたせいだと思います。殺されるかもしれないというのは、それだけチャンピオンの不破が強かったからですよ。あの男のパンチは本当に殺人的で、これまでKOされて再起不能になった選手もいるんです」

「つまり、誰かに狙《ねら》われていたわけではなく、リング上で殺されるかもしれないという意味だったということか？」

鷹央が確認すると、別府はあごを引いた。

「きっとそうです。私も『不破に殺されるかもしれない』って翔馬が言ったのを聞いたような記憶がある」

「不破に殺される？　間違いなくそう言ったのか？」

別府は慌てて胸の前で両手を振った。

「いや、誤解しないでください。本気で言っていたわけじゃないし、『こいつのパンチをもろに受けたら、死んじまうな』って、冗談めかして言っていただけですよ。……まさか、それが現実になるなんて」

別府は握りしめた拳《こぶし》でテーブルを叩《たた》く。

「お前は、不破のパンチを受けたから早坂が死んだと思っているのか？」

「そうに決まってます。本当なら最初のダウンのとき、レフェリーが止めてくれていればよかったんだ。あんなフラフラだったんだから。……いや、それは言い訳か。私も続行させるのは危険だと思っていながら、タオルを投げなかったんだから」

「なぜ投げなかった？　危険だと思ったら試合を止めて選手を救う。それがセコンドの仕事なんじゃないか？」

残酷な質問に、別府は痛みを耐えるかのような表情を浮かべた。

「普通の試合なら止めていました。けれど……、できなかった。うちに入門してから十年以上、早坂は血の滲むような練習を重ねていた。途中、怪我や連敗で何度も挫折《ざせつ》しながら、ようやくつかんだ最後のチャンスだった」

「最後？」

「はい。あいつは勝とうが負けようが、この前の試合で引退するつもりだったんです。あいつの口からはっきり言われましたよ。『次が俺の最後の試合です。これまで本当にお世話になりました』って」

別府はハンカチで目元を拭う。

「ベルトを巻いて引退の花道を飾らせてやりたい。そう思って、タオルを投げるのを躊躇ってしまいました。だから、あいつはこんなことに……」

「死後に撮影したＣＴでは、早坂に頭蓋内出血は認められなかった。試合を止めなかったことが死につながったという証拠はないぞ」

鷹央が慰めるように言うが、別府は「いや、私のせいだ。私のせいなんだ」と涙声でくり返すだけだった。

「早坂が引退を決意していたことは知っていたのか？」

鷹央に水を向けられた律子が口を開こうとする。しかし、その前に轟が答えた。

「直接は聞いていないが、うすうす感づいてはいたさ。三十を超えたキックボクサーは、誰だって常に引き際《ぎわ》を考えている。それに、今回のタイトルマッチで燃え尽きたいんだ、みたいなことを言っていたからな」

鷹央はあごを撫《な》でると、「少し話を戻すか」とつぶやいた。

「たしかに、対戦相手のパンチを受けたら危険だという意味で、『殺される』と言っていたのかもしれない。しかし、その言葉を口にしていた人物が、原因がはっきりしない死を遂げた以上、他殺の可能性も否定するわけにはいかない」

鷹央が放った「他殺」という単語に、誰もが表情をこわばらせる。

「だとすると、まずは基本的なことを知る必要がある。早坂は誰かに恨まれていなかったか？」

「いません！」

律子が即答する。

「夫はとても温厚で、誰に対しても優しい人でした。あの人を恨んでいる人なんて、いるわけがありません」

「いくら穏やかで誠実な人間でも、絶対に恨まれないわけではない。この世には、逆恨みっていうやつがあるからな。どんな些細《ささい》なことでもいいから、情報はないか？例えば、仲の悪い親戚《しんせき》がいたりとか」

「夫は母子家庭で育ち、高校時代にお母さんも亡くしています。親戚づきあいは皆無でした。私以外に、あの人の家族はいません」

「そうか。では、仕事上のトラブルなどは？」

「もともと運送会社で働いていましたが、三ヶ月ほど前に退職しています」

「退職？　どうしてだ？」

「体力的にきつかったみたいですね」

律子の代わりに、まだ目が潤んでいる別府が答えた。

「二年くらい前から、試合が決まって減量をはじめると、ひどい立ちくらみを起こすと言っていました。特に仕事中にひどかったらしい。まあ、一日中走り回るような仕事だから当然ですね。だから、ちょうどタイトルマッチが決まった三ヶ月ぐらい前に退職して、試合に集中していたんですよ」

「とくにトラブルがあって退職したわけじゃないということか。他に早坂の人間関係で、手がかりになりそうな情報はないか？」

律子たちは顔を見合わせるだけで、なにも答えなかった。

「動機の線から探っていくのは難しいか。ではそろそろ、今回の事件の肝にいくとしよう」

鷹央はあごを引き、声を低くする。

「日曜の夜、リングでなにが起きたのかだ」

部屋の空気が、触れれば切れそうなほどに張り詰めた。

「それについては、救急部で刑事に説明したとき、あなたも聞いていたはずだ」

轟が言うと、鷹央はかぶりを振った。

「あれだけでは不十分だ。この部屋にいる五人は、全員が現場にいた。各々が事件を目撃したということだ」

鷹央は僕たちの顔を順に見ていく。

「事実というものは一つだが、見る角度によって形を変えるものでもある。円錐《えんすい》が真上からは円に見え、横からは三角形に見えるようにな。だから、五人の目撃者がいるこの場で、あの日なにが起きたのかを振り返ることで、多角的に事件を眺めることができるはずだ。さて、それじゃあ小鳥」

「は、はい」

唐突に名指しされた僕は背筋を伸ばす。

「あの日、試合が開始されてからのことを振り返ってくれ」

「分かりました。えっと、試合開始後にチャンピオンの不破がいきなり飛びこんできて……」

僕は必死に記憶を探っていく。試合内容をこと細かに説明し終えると、鷹央は「ふむ」と頷《うなず》いた。

「試合開始早々、ダウンを奪われて絶体絶命になったが、その後、大逆転でＫＯ勝利を奪ったということだな。ここまでで、なにか付け足すことはあるか？」

誰も発言しないのを見て、鷹央は僕に一瞥《いちべつ》をくれる。

「では、事件の根幹にいくとするか。試合後、早坂が倒れるところだ」

「いや、そこについては正直、混乱していて記憶が曖昧《あいまい》なんです。たしか、チャンピオンベルトを巻かれた早坂さんが両手を突き上げたら、次の瞬間、崩れ落ちて……」

僕は首をすくめる。

「そのとき、私はリング上の少し離れた位置に立っていました。けど、なにが起きたか分からなくて、……動けませんでした」

律子がかすれ声で言うと、別府がつらそうに頷いた。

「私も動けなかった。最初はなにかのパフォーマンスかと思ったんです。ただ、すぐにレフェリーがリングドクターを呼びました」

「リングドクターはお前だったな」

　鷹央に視線を向けられた轟は、重々しく頷いた。

「そうだ。急いでリングに上がって意識と脈を確認した。その時点で、心肺停止状態だったよ。だから、心臓マッサージをはじめて、カウンターショックで除細動を行ったんだ」

　律子が「私は人工呼吸を」と付け足す。

「倒れてから、脈を確認するまでどれくらいだ？」

「たぶん、三十秒も経《た》っていない」

「だとすると、倒れた時点で心肺停止状態になっていた可能性が高いな。そのとき、早坂のそばには誰がいた」

「私がすぐ後ろにいました」おずおずと別府が言った。「翔馬の腰に私がチャンピオンベルトを巻いてやったんです。そして、レフェリーが翔馬の手を取り、挙げました。そのすぐ後に、あいつは崩れ落ちたんです」

「近くで見ていて、なにか異常は感じなかったか。たとえば、早坂が苦しそうにしていたとか」

「いや、そんなことはありません。ベルトを巻いたとき、翔馬は本当に幸せそうだった。あれは全《すべ》てを出し切った男の顔だった。あいつの人生、最高の瞬間だったはずだ。まさか、その直後にあんなことになるなんて……」

「なんの前触れもなく心停止したということか。それだけ見ると、たしかに心筋梗塞の可能性が高いように見えるな」

　つぶやいた鷹央は、横目で僕と鴻ノ池を見る。

「そのとき、お前たちはなにをしていた？」

「僕は鴻ノ池と一緒にリングに向かいました。関係者に救急要請をしたことを確認したあと、うちの病院の救急部に連絡して、受け入れ準備を整えてもらいました」

「私は早坂さんの点滴ラインを生理食塩水で確保したあと、蘇生のためにエピネフリンとリドカインの投与をしました」

　僕と鴻ノ池が説明すると、鷹央は首筋を掻《か》く。

「なるほど、大まかな状況は理解できた。まあ、本当なら映像で詳しく見たいところだけれどな」

　試合と、そのあとに起きた悲劇を捉《とら》えた映像を探していたが、いまだ手に入っていなかった。

「もし今回の事件が、何者かの手によって意図的に起こされたものだとすると、犯人は千人を超える観客が注目している中、被害者の心臓を止めたことになる。衆人環視という無数の視線によって形成された〝密室〟の中で殺人を犯したというわけだ。さて、いったいどうやればそんなことができると思う?」

鷹央は誰にともなく問いかける。

「やっぱり、他殺なんかではなかったんじゃないですか」

自信なげに別府がつぶやいた。

「現時点ではまだ、病死なのか、他殺なのか、どちらとも断定することはできない。早坂翔馬の身に何が起きたのか、その真実を探るためにはまだまだ関係者から情報を集める必要がある」

「関係者って、私たち以外の誰から話を聞くんです?」

鷹央は「そうだな」と腕を組んだあと、唇の端を上げた。

「まずは、あの日リングにいて、そして早坂が『殺されるかもしれない』と名指しした相手、元チャンピオンの不破雷也とかいう男から当たってみるか」

4

翌日の午後十時過ぎ、僕は鷹央、鴻ノ池とともに六本木の繁華街を歩いていた。土曜の夜だけあって、多くの若い男女が行き交っている。場所柄、外国人の割合がかなり高い。

「おお、これぞ六本木っていう感じだな」

「いいですよね、この妖《あや》しくて危険な感じ。鷹央先生と夜遊びとか楽しみ」

鷹央と鴻ノ池がはしゃいだ声を上げる。夜遊びに来たわけではないのだが……。

「鷹央先生、本当に行く気ですか？」

重い足取りで歩きながら僕は言った。

「お前だって、早坂翔馬の死の真相を知りたいんだろ。そのためには、不破雷也から話を聞く必要がある」

「それはそうですが、わざわざ六本木までくり出さなくても……。アポイントメントもとっていませんし」

トラブルになる予感しかない。

「記憶というものは時間とともに薄れていくものだ。だから、できるだけ早く話を聞く必要がある。よく言うだろ、『魚と証言は鮮度が命』って」

「そんな格言、生まれて初めて聞きましたよ」

話をしているうちに目的地が近づいていた。大通りに面したクラブ。ネオン輝く店の前には、酒に酔った男女が大声を上げながらたむろしている。テクノミュージックが漏れてくる入り口の脇には、バウンサーが控えていた。

「おっ、あいつじゃないか」

鷹央は金髪のバウンサーを指さす。彼女のいう通り、ブラックスーツを着込んだその男こそ不破雷也だった。不破がこのクラブで用心棒をしているという情報は、ネットで簡単に調べることができた。

「よし、さっそく行くか」

止める間もなく、鷹央は大股《おおまた》で不破に近づいていく。

「ここをどこだと思ってるんだよ。中学生が入れるところじゃねえ。さっさと家に帰んな」

目の前にやってきた鷹央を見下ろした不破は、虫でも追い払うように手を振った。

鷹央が目を剝《む》く。

「誰が中学生だ！　私は二十八歳のれっきとしたレディだぞ！」

「二十八歳？　なに言ってんだ、このガキ。なら、さっさと身分証明書と入場料出しな。そうしたら入れてやるよ」

「ガキ⁉　誰がガキだ！」

ああ、やっぱりこうなるよな。僕はため息をつきながら、背後から鷹央の口を押さえる。この人に任せていたら、話を聞くどころではなくなる。

「すみません、踊りに来たわけじゃないんです。不破選手ですよね。ちょっとだけお時間をいただけませんか？」

「なんだよ、俺のファンか？　悪いが、仕事中はサインも握手も断ってんだよ」

「いや、ファンなんかじゃない」

鷹央は首を横に振る。

「お前のことなんて、昨日まで知らなかったし、いま現在もまったく興味ない」

不破の顔が歪《ゆが》んだ。

「なら、俺にいったいなんの用だってんだ！」

「話を聞きたいんだ。この前の日曜の試合について、詳しい話をな」

「……てめえ、なに言っているか分かっているのか？」

不破の口調が危険な色を帯びる。僕は無意識に身構えた。

「もちろん分かっている」

鷹央が頷くと、不破は「ちょっと顔貸しな」とあごをしゃくった。

「なんか、ヤバい雰囲気ですね」

スーツのポケットに両手を突っ込みながら歩く不破についていきながら、鴻ノ池が囁《ささや》いてくる。僕は「そうだな」と頷いた。

クラブの裏手にある駐車場まで移動した不破は、足を止めて振り返った。

「お前ら、日曜の試合で俺が負けたことは知ってんだろうな」

「知ってるぞ。お前が失神KO負けをして、その後、リング上で対戦相手が急死したこともな」

「なら、俺にとってその件は、この世で一番触れて欲しくない話題だってことも分かるはずだ。それでも話せっていうのか？」

「そうだ。どうしてもお前から話を聞く必要があるんだ」

迷いなく鷹央が言うと、不破は大きく舌を鳴らす。危険を感じた僕は、鷹央の前に出た。

「なんだ、俺とやろうってのか」

不破はあごを引き、睨《ね》め上げてくる。僕は緊張しつつ、「いや、そんなつもりはないよ」となだめるように言った。外見や試合中の態度から見ても、この男はかなり暴力と親和性が高いはずだ。下手な駆け引きをすれば、すぐに拳を振るってくるだろう。

相手はつい先日までチャンピオンだった現役キックボクサーだ。大学時代、空手の稽古《けいこ》に明け暮れたとはいえ、まともに戦ったら勝ち目はほぼない。

けれど、どんなことをしても、鷹央先生を守らないと。

僕は拳を握りしめると、両足を軽く開いて重心を落とした。

襲い掛かられたら、不破が試合で痛めたであろう右手に向かって、遠間から中段蹴りを……。

頭の中でシミュレーションをしていると、僕と不破の間に人影が割り込んだ。

「やだなぁ、そんなにカリカリしないでくださいよぉ。みんな仲良くしましょ。仲良く。ね、お兄さん」

僕の前に立った鴻ノ池は、場に似合わない陽気な声で言う。

「お兄さんってチャンピオンだったんですよね。かっこいいなあ。あっ、その金髪も素敵。自分で染めているんですか？」

「い、いや……、行きつけの美容室でだけど……」

毒気を抜かれたのか、戸惑い声で不破は答える。固く握られていた両拳がほどけていく。

「そうなんですかー。その美容室、教えてくださいよ。ねえ、このあと一緒に飲みませんか？ 私、強い男の人って好きなんですよ」

しなだれかかるように鴻ノ池が近づくと、不破の鼻の下が伸びていく。

「あんたとだけなら飲んでもいいぜ。あと二時間ぐらいで仕事をあがれるから、その後、二人っきりになれる場所に行ってよ……」

鴻ノ池の腰に、不破の右手が伸びる。次の瞬間、苦痛の呻《うめ》き声を上げて不破は地面に膝をついた。

「だめですよ。許可なく女の子の腰に触ったりしたら。強制わいせつ罪ですよ」

不破の右手を握り、手首関節を捻《ひね》り上げた鴻ノ池が、心から楽しそうに言った。

「てめえ、なにしやが……」

罵声《ばせい》を上げようとした不破は、その場に潰《つぶ》れて腹ばいになる。その喉《のど》から、蛙の鳴き声のような濁った音が漏れた。

手首、肘《ひじ》、肩関節を完璧《かんぺき》に極《き》められ、地面に磔《はりつけ》にされた不破は、唖然《あぜん》とした表情で鴻ノ池を見上げる。

いかに（色仕掛けで）不意をつき、痛めている右手を摑んだとはいえ、こうもあっさり現役格闘家を制圧するなんて。あらためて鴻ノ池の合気道の実力に驚かされる。

こいつを本気で怒らせないようにしなくては……。

「女の子を怒鳴っちゃだめですよ。紳士じゃない男はモテませんよ」

鴻ノ池は歌うように楽しげに言う。

ドSだな……。

僕が引いていると、鷹央が脇腹《わきばら》を突《つつ》いてきた。

「なんですか？」

「舞の方がボディガードとして優秀な気がしてきた。お前をクビにして、舞とコンビを組んだ方がいいかな？」

「ひどい！」

本気でショックを受けている僕を尻目《しりめ》に、鷹央はしゃがみこみ、いやらしい笑みを浮かべて不破の顔を覗き込む。

「舞が言った通り、さっきのお前の行為は強制わいせつ罪になる。この前までチャンピオンだったキックボクサーが、痴漢行為をはたらいて被害者に取り押さえられた。なかなか興味を惹《ひ》かれる事件じゃないか。おそらく、マスコミが喜んで飛びつくだろう」

「おい、ふざけんな！　そんなことをしたらただじゃおかねえぞ！」

声を荒らげて身をよじった不破の関節を、鴻ノ池がさらに極め上げる。不破の口から苦痛の呻き声が漏れた。

「抵抗すると、肩の関節外しちゃいますよ。キックボクサーとして再起不能になっちゃうかもしれませんねえ」

「そうそう、口の利《き》き方には注意しろよ。私たちはいま、お前の社会的な命を握っているんだぞ」

鴻ノ池と鷹央が二人して忍び笑いを漏らすのを、僕は顔を引きつらせながら眺める。

女って怖い……。

「分かった、話す！　話せばいいんだろ！　ただ、あと二時間待ってくれよ。仕事中なんだ」

「そんなに待てるか。面倒くさい」

「なぁ、たのむよ。何十分も仕事から離れたらクビになっちまう。キックボクサーのファイトマネーなんて、雀《すずめ》の涙みたいなもんだ。ここの仕事なくしたら、食っていけねえんだよ」

「チャンピオンクラスでも、それくらいしか稼《かせ》げないのか。なかなか大変な世界だな。まあ、情報提供者の生活を壊すのは本意ではないし……」

哀れを誘う声で懇願する不破を見下ろしながら、鷹央は腕を組む。数秒後、鷹央はパンッと両手を合わせた。

「なあ、クラブってやつにはＶＩＰルームっていうのがあるんだよな」

「ったく、最初からこうしてくれりゃよかったんだよ」

憤懣《ふんまん》やるかたない口調で吐き捨てた不破は、グラスにシャンパンを注ぐと一気に飲み干した。

「あっ、一人で勝手に飲むな。乾杯してからだろ」

鷹央が咎《とが》めると、不破は大きく舌を鳴らした。

「あんたたちと馴《な》れあう気はねえ」

「私は客だぞ。しかも、ＶＩＰだ。従業員なら少しはサービスしろよな」

鷹央が空のグラスを差し出す。不破は屈辱に顔を歪めながら、鷹央のグラスにシャンパンを注いだ。

駐車場で不破を（腕ずくで）説得してから三十分後、僕たちはクラブのＶＩＰルームにいた。

「わぁ、ＶＩＰルームってこんなに豪華なんですね。すごいすごい」

鴻ノ池がはしゃいだ声を上げながら、十数人でパーティーができそうなほどの広さがある部屋を見回す。革張りの赤いソファー、くるぶしまで埋まりそうな毛足の長い黒色の絨毯《じゅうたん》、十メートル近くありそうな高い天井からは、巨大なシャンデリアが吊《つ》り下がっていた。

「なにより、防音なのがいいな。フロアのやかましい音楽が聞こえてこない。なあ、やっぱりこういう部屋では、夜な夜ないかがわしいことが行われているのか？」

野次馬根性丸出しで鷹央が訊ねると、不破は「知らねえよ」と、僕たちのグラスにシャンパンを注いでいった。

このクラブではＶＩＰルームには専属のバウンサーがつくことになっている。鷹央は二時間この部屋を借り切り、そして不破をバウンサーとして指名していた。

「しかし、あんた金を持ってんだな。この部屋、けっこう値が張るぜ」

「事件解決に必要な手がかりのためなら安いもんだ。ここなら、ゆっくり酒を飲みながら話を聞けるしな」

　鷹央はシャンパングラスに口をつける。

　病院の屋上にある〝家〟からほとんど出ることなく、食事は三食レトルトカレーというリーズナブルな生活を送っている鷹央に、金に対する執着心はほとんどない。彼女の胸にあるのは、自らの超人的な頭脳を駆使し『謎《なぞ》』を解決したいという、燃え上がるような情熱だ。

「で、俺からなにが聞きたいんだよ」

　不破が投げやりに言うと、鷹央は飲み干したシャンパングラスをテーブルに置く。

「なあ、こういう店でVIPルームを借りると、店員がフロアから女の子を呼んできてくれるんじゃないのか？　せっかく飲むなら、可愛《かわい》い女の子をはべらせたいんだが」

「別に呼んでもいいけどよ。あいつら、VIPルームに来たらキャーキャー騒いで、まともに話なんてできなくなるぜ」

「話ができなくなるのは困るな。しかたない、女の子は諦《あきら》めるか」

「大丈夫ですよ、鷹央先生。私が接待しますから。ほら、可愛い女の子ですよー」

　鴻ノ池が空いた鷹央のグラスにシャンパンを注ぐ。鷹央は「そうだな」とまんざらでもなさそうに頷いた。

「いい加減、本題に入ってくれ。さっさと終わらせたいんだ」

「じゃあ、はじめるとするか。お前、早坂翔馬を殺したかったか？」

なんの前置きもなく鷹央が発した言葉に、不破の表情がこわばった。

「てめえ、なに言ってんだ」

「なにって、聞いた通りだよ。早坂は生前、お前に殺されるかもしれないと言っていたんだ」

「そりゃ、俺と試合をしたらただじゃ済まねえって意味だろ」

「普通に考えればそうだ。しかし実際、試合後に早坂は死亡した。そうなると、本当にお前に命を狙われていた可能性も考慮に入れる必要がある」

「なんで俺があいつを殺さないといけないんだよ。試合前にあいつと会ったのは、記者会見と前日計量のときだけなんだぞ」

「そうだな、例えば早坂の実力に脅威をおぼえたお前は、試合前に危害を加えて試合をなくし、チャンピオンの座を守ろうとした。こういう筋書きはどうだ？」

「んなわけないだろ」

不破は小馬鹿《こばか》にするように鼻を鳴らす。

「早坂の挑戦を受けるって決めたのは俺だぞ。あいつは踏み台として最高の相手だったんだよ」

「踏み台？　どういう意味だ」

「いくら日本チャンピオンでもな、ファイトマネーなんて数十万円がいいところだ。しかも、年に多くても四試合くらいしかできない。全然稼げねえんだよ。ただな、海外のデカい団体で試合ができれば別だ。有名選手の中には一試合で数千万、場合によっては億を超えるファイトマネーを貰《もら》ってる奴《やつ》らもいる」

「お前も海外の団体で試合をしたかったということか」

「当然だろ。実際、いくつかの団体が俺に興味を示してたんだ。だから、派手な試合をしてアピールしたかった。そのために、早坂はうってつけだったんだよ」

「うってつけとはどういう意味だ?」

「十年ぐらい前、あいつはチャンピオンにこそなれなかったが、たしかに強かった。世界的に有名な選手にも勝ったりして、海外でもそれなりに名が通っていたんだ。けどな、怪我《けが》をして以前の実力はなくなったし、何度もKO負けをして、打たれ弱くなってる」

「名は通っているが、容易に勝てる相手だったってことか」

「そうだ。あいつを派手にKOすれば、俺の注目度は一気に上がって、海外の団体から引く手あまたになる。だから、あいつとの試合を心待ちにしてたんだよ」

「でも、お前は負けたんだよな。想像していた以上に早坂は強かったってことか」

「いや……、弱かったよ」

「弱かった？　お前に勝ったのに？」

鷹央が訊《たず》ねると、不破はため息交じりに頷いた。

「ああ、俺が想像していたよりはるかに弱かった。あいつは遠間から、強烈で多彩なキックを繰り出してくる選手だった。俺は逆に、近距離からパンチを叩《たた》き込むタイプだ。当然、俺に間合いを詰めさせないように、キックで距離をとってくると思っていた」

「実際はそうならなかったのか？」

「ああ、ゴングと同時に、キックを何発か受ける覚悟で飛び込んでいったんだ。けれど、あいつは蹴りを出さなかった。簡単に懐《ふところ》に入って、あとは一方的に俺のペースさ。すぐにあいつはダウンした」

「じゃあ、なんでお前は負けたんだ」

「……覚悟が違っていたんだよ」

「覚悟？」

「そうだ。これまで対戦した奴らはみんな、俺のパンチ力にビビって距離をとろうとする。そして近づかれたら、亀みたいにガードを固める奴ばっかりだ。けど、早坂は俺のパンチに向かって、自分から突っ込んできやがった」

不破の渾身のストレートを額で受けた早坂の雄姿を、僕は思い出す。

「信じられるか？　誰もが腰を引いて逃げる俺のパンチに、真正面から頭突きしてきたんだぜ。まともな神経でできることじゃねえ。それで、俺の方がビビって引いちまった。あいつは、あの試合で終わってもいいって覚悟を決めていたんだ。踏み台だと思っていた俺とは、根本的な覚悟が違っていたんだよ」

不破の顔に、自虐《じぎゃく》的な笑みが浮かんだ。

「な、分かっただろ。俺にはあいつを殺す動機なんてない。早坂が本当に、俺に殺されるかもしれないって言っていたとしたら、あいつがそれだけの覚悟でリングに上がっていたってことさ。ただな……、まさか本当に死んじまうなんて……。この拳で、人を殺しちまうなんて……」

グラスにシャンパンを注ぎ、あおるように飲んだ不破は、右手を見つめながら声を絞り出した。

「お前が殴ったせいで死んだとは限らないぞ」

うなだれていた不破は「なんだって？」と顔を上げた。

「検査したところ、早坂に頭蓋内出血は認められなかった。頭部に強い衝撃を受けたことが死因である確率は低い」

「じゃ、じゃあ」不破の声が上ずる。「俺のせいで早坂は死んだんじゃないのか？

俺は人を殺していないのか？」

鷹央は「たぶんな」と答えると、不破は「ああっ」と声を漏らす。

「俺が殺したんじゃない……、俺のせいじゃなかった……」

自らの拳が他人の命を奪ったという罪の意識に苛《さいな》まれ続けていたのだろう。目を固く閉じ、顔の前で右拳に左手を添える不破の姿は、祈りを捧《ささ》げるかのようだった。

「お前に殴られたことが原因でないと証明するためにも、情報が必要なんだ。だから、手がかりになりそうなことを知っていたら教えてくれ」

「そんなこと言われても、早坂が倒れたとき、俺は失神して担架で運ばれていたんだぞ。なにも知らねえよ」

「それなら、倒される前はどうだ。どんな些細なことでもいい。なにか違和感をおぼえたりはしなかったか」

不破は洟《はな》をすすると、「違和感ねぇ」と腕を組む。その顔にはっとした表情が浮かんだ。

「レフェリーだ。あの試合のレフェリーだった八木沢《やぎさわ》。あいつがおかしかった」

「おかしかった？　具体的にはどういうふうにだ」

「あいつはストップが早いので有名なレフェリーなんだよ。ダウンした選手がテンカウント以内に立っても、足元がふらついていたり、目の焦点が合っていなかったら、すぐに試合を止めちまう」

「日曜の試合では違っていたのか」

「そうだ。俺の膝蹴りがもろにテンプルに入って、早坂は失神こそしなかったが、確実に脳震盪《のうしんとう》を起こしていた。根性で立ち上がったけど、ロープにもたれかからないと立っていられなかった。普段の八木沢なら、絶対に止めていたはずだ。実際、あいつは一瞬、TKOを宣言するようなそぶりを見せた」

「じゃあ、なんで試合は続行された」

「なにか言ったんだよ。歓声で内容までは聞こえなかったけど、早坂がなにか言った。それで、八木沢は目を剝いて一瞬固まったあと、試合を再開させやがった」

不破がかぶりを振ると、鷹央はシャンパンで満たされたグラスを手に取った。

「なるほど……、次に話を聞く相手が決まったな」

5

ノックの音が部屋に響く。僕は扉に向かって「どうぞ」と声をかけた。

六本木のクラブで不破の話を聞いてから四日後、水曜日の午後六時過ぎ、僕は鷹央とともに、天医会総合病院の十階にある統括診断部の外来で人を待っていた。

「お邪魔します」

扉が開き、スーツ姿の中年男性が入ってきた。

「八木沢さんですね。わざわざお越しくださってありがとうございます。統括診断部の小鳥遊と申します。こちらは部長の天久です」

僕が言うと、早坂と不破の試合でレフェリーを務めた八木沢は、「はじめまして」と名刺を差し出してくる。そこには『JAKF公式審判員　八木沢正臣《まさおみ》』と記されていた。

クラブに行った翌日、僕は轟に連絡を取り、八木沢と会えないか打診した。交渉した結果、今日なら八木沢が時間を取れるということだったので、病院に来てもらい話をすることになった。

「頂戴《ちょうだい》します。どうぞお座りください」

八木沢は患者用の椅子《いす》に腰かけると、落ち着かない様子で診察室を見回した。

「あの、今日はどのようなご用件でしょう？　早坂選手の件について調べているということでしたが」

「早坂翔馬はうちの病院に搬送されて死亡が確認された。だから、詳しく調べているんだ」

僕の隣に座っている鷹央が言う。八木沢は「はあ」と曖昧に頷いた。

「早坂が倒れたとき、お前はすぐ隣にいたんだよな」

「はい。新チャンピオン誕生が宣言されると同時に、早坂選手の手を摑《つか》んで挙げました。そのあとすぐに、彼は倒れたんです」

「隣にいて、なにか異常は感じなかったか」

「いえ、特には……。あの、いったいなにを調べているんでしょう？　早坂選手は病気で亡《な》くなったんですよね。警察からそのように連絡を受けています。それを聞いて、私が試合を止めるタイミングを間違えたせいで亡くなったわけではなかったと、正直、少し安堵《あんど》したんですが」

「病死したと確定したわけではない。警察は事故や事件だという明らかな証拠が見つからなかったから、捜査をしなかっただけだ。私は他殺も含めて、あらゆる可能性を検討している」

「他殺⁉」

「そうだ。そしてお前は早坂が倒れたとき、一番近くにいた人物だ。だから、話を聞きたいんだ」

「まさか、私が早坂選手になにかしたとでも⁉」

「ん？　なにかしたのか？」

「なにもしていません！　私だって急に選手が倒れてパニックになったんです。私は関係ありません」

八木沢の声が大きくなる。

「そう興奮するなよ。さっき言っただろ、あらゆる可能性を検討しているって。ただ、早坂が他殺だったとしたら、そのときリングにいた人物をまず疑うのが定石だ。早坂律子と別府、そしてレフェリーのお前だな」

「千人を超える観客がリングに注目していたんですよ。そんな中で、どうやって殺すっていうんですか？」

「それだ！」

鷹央は八木沢をびしりと指さす。

「多くの人間に環視されている〝視線の密室〟の中で、いかにして被害者を心肺停止状態に陥らせたか。今回の件が他殺だとしたら、それが最も重大な謎となる。簡単に考えたら、チャンピオンベルトを巻いたとき、または手を握ったときになんらかの毒物を注入する方法だな」

だとすると、疑わしいのは八木沢と別府ということになる。八木沢の反応をうかがいつつ、僕は耳を傾ける。

「しかし、早坂の遺体を調べてもそのような形跡はなかった。そもそも、静脈に直接注射するならまだしも、誰にも気づかれないよう簡単に投与でき、一瞬で心停止させるような毒物などないはずだ」

「じゃあ、やっぱり他殺なんかじゃなかったんですよ」

「他殺ではないと断定するのは、あらゆる可能性を検討したうえで、当時の状況では殺人を犯す方法が皆無だという結論に達したときだ。いまはまだ、先週の日曜、リングの上でなにが起こったのかを解明するための手がかりを探している段階なんだよ」

「なにが起こったのかは、これを見ていただけたら分かります」

八木沢は革製のバッグから、ＤＶＤを取り出す。

「轟先生に頼まれて持ってきました。日曜のタイトルマッチの映像です。選手入場から、倒れた早坂選手が救急隊に運び出されるまでが収録されています」

「おお、助かる」

鷹央は素早くＤＶＤを受け取った。

「もうよろしいですか？」

八木沢が立ち上がりかけると、鷹央が「いや、まだだ」と鋭く言う。

「もう話すことはありません。試合後のことは、私も混乱してよく覚えていないんですよ」

「試合後じゃなくて、試合中ならどうだ？」

八木沢は「試合中？」と眉《まゆ》を顰《ひそ》めた。

「聞いたところによると、お前は試合を止めるのが早いレフェリーらしいな。ダウンした選手が立ってきても、ある程度以上のダメージが認められれば試合を止める。それ自体は素晴らしいことだ。脳震盪を起こしている選手がさらに頭部に衝撃を受ければ、不測の事態を招きかねない」

八木沢は硬い表情で鷹央の説明を聞く。

「先週の日曜のタイトルマッチ、不破に倒され、カウントエイトでなんとか立ち上がった早坂を見て、お前は試合を止めようとした。ロープにもたれかからなければ立てないような状態だったなら、当然の判断だ。しかし、結局お前は試合を続行させた」

言葉を切った鷹央は、八木沢の目をまっすぐに覗《のぞ》き込む。

「お前はなぜ自らのポリシーを捨て、ダメージが明らかな選手に試合を続けさせたんだ？　そのとき、なにがあった？」

八木沢は口を固く結んで黙り込む。診察室に張り詰めた沈黙が降りた。時計の針が時を刻む音が、やけに大きく耳に響く。

数十秒後、八木沢は大きく息を吐いた。

「早坂選手は病死したと思われると聞いたとき、私は驚きませんでした。最初から、おそらくそうだと思っていたからです。たしかに私は自分の信念を曲げ、脳震盪を起こしている早坂選手に試合を続行させ、そして試合後に彼は命を落としました。私の判断は間違っていたかもしれません。私は今後、レフェリーとして二度とリングに立てないかもしれない。けれど、後悔はしていません。私は常に選手のことを考えて試合を裁いています。だから、必死に立ち上がった早坂選手からあの言葉をかけられたとき、彼のためにここで試合を終わらせるわけにはいかないと思ったんです」

「あの言葉とはなんだ？」早坂はお前になんと言ったんだ」

鷹央が勢い込んで訊ねる。八木沢はゆっくりと口を開いた。

「『不治の病で、俺はもう長くない。だから、最後まで試合をさせてくれ』。あのとき、彼はそう言ったんです」

「鷹央先生、ＤＶＤの準備出来ましたよ」

八木沢からもらったＤＶＤをプレーヤーにセットして振り返ると、鷹央は電子カルテのディスプレイを凝視していた。

八木沢から話を聞いたあと、僕たちは早坂が倒れたときの映像を見るため、屋上の〝家〟へと戻っていた。

「なにを見ているんですか？」

鷹央に近づいて画面を覗き込む。そこには、早坂の全身を映したＣＴ画像が表示されていた。

「早坂が本当に不治の病に冒されていたのか、確認していたんだ。うちにある早坂の検査データは、このCT画像と一般的な採血データしかないからな」

　鷹央はマウスをクリックして、頭頂部から足の先まで、早坂の体の輪切り画像を流していく。

「不治の病と聞いて真っ先に思い浮かぶのは、進行した悪性腫瘍《しゅよう》だ。しかし、ほとんどの癌《がん》はCTで発見できるが、この早坂の画像にはその所見がない」

「CTに映らない癌と言えば……」

「白血病などの血液癌だな。ただ、それらも根治不能な状態まで悪化していたら、血液検査で異常値が出るはずだ。早坂のデータではそれらが認められない」

「ということは、癌ではないということですね。悪性腫瘍以外で、不治の病と呼ばれるものは……」

　僕が口元に手を当てる。鷹央は左手の人差し指を立てた。

「まず浮かぶのは、ALS、ハンチントン病、脊髄《せきずい》小脳変性症など、進行性の神経疾患だな。あとは、原発性胆汁性胆管炎などの肝疾患、拡張型心筋症などの心疾患、再生不良性貧血などの血液疾患……。自己免疫疾患、内分泌《ないぶんぴつ》疾患の中にも治療法が存在せず、最終的に死に至る病はいくらでもある。まあ、なにをもって『不治の病』とみなすか、定義がなかなか難しいがな」

「CT画像と簡単な血液検査だけで診断はできそうにないですね」

「ただ、ちょっと前までキックボクシングの試合ができたにもかかわらず、いきなり心停止に陥るような疾患は多くはない。そこから絞り込んでいくことはできるはずだ」

鷹央は指でコツコツと額を叩く。おそらく彼女の脳内では、候補となる疾患が次々にリストアップされているのだろう。

「鷹央先生は、早坂さんが病気で亡くなったって思っているんですか？」

「さっきの八木沢の話を聞いて、その確率が高くなったとは思っているよ」

「そうですかね。チャンピオンになってベルトを巻かれ、両手を突き上げたタイミングで病死するなんて、あまりにも出来過ぎている気がするんです。早坂さんが自分は不治の病だって口走ったのは、そうでもしないと試合を止められると思って、とっさにでまかせを言っただけじゃないですか。他殺の可能性を捨てるのは危険だと思います」

「もちろん、他殺の線を捨てたわけじゃない。さっき八木沢にも言っただろ。いまはまだ、情報を集めている段階だって。さて、そろそろ最も重要な情報源を見るとするか」

「早坂さんが倒れたときの映像ですね。じゃあ、再生しますよ」

リモコンの再生ボタンを押す。普段、鷹央が映画鑑賞に使っている、壁に取り付けられた八十インチの液晶テレビに、入場曲に合わせて入場してくる早坂の姿が映し出された。

選手入場、国歌斉唱、そして試合開始と映像は進んでいく。一気に間合いを詰めた不破がラッシュで早坂からダウンを奪った。なんとか立ち上がった早坂が、ロープに体をあずけながらファイティングポーズをとる。その口元がかすかに動くのが見て取れた。

「脳震盪で平衡感覚を失っているな。よくこの状態で立ち上がれたもんだ」

鷹央は賞賛と呆《あき》れがブレンドされた声で言う。

試合が再開され、早坂が捨て身の攻撃で逆転ＫＯ勝ちを収める。スピーカーから歓声が響きわたる。あのときの興奮を思い出して拳を握りしめる僕の隣で、鷹央は無言で画面に視線を注ぎ続けた。

不破が担架で運び出され、新チャンピオン誕生を祝うセレモニーがはじまる。もうすぐだ。もうすぐ、あの悲劇が起きる。僕は掌《てのひら》に汗が滲《にじ》むのをおぼえながら、その瞬間を待つ。

チャンピオンベルトを早坂の腰に巻いた別府、そして早坂の手を摑んで挙げた八木沢。その二人の動きに、特に怪しい点は見られなかった。

喜びをかみしめるかのように天を仰いだ早坂が崩れ落ちる。場内が騒然となり、リングに上がった轟が脈を確認してから心臓マッサージをはじめ、律子が人工呼吸をした。バッグからポータブルの除細動器を取り出した轟が、パドルを早坂の体に当てる。電流に貫かれた早坂の体が海老《えび》のように跳ねた。

「やっぱり、これといった手がかりはありませんでしたね」

つぶやくが、返事はなかった。蘇生処置が続いている画面から鷹央へと視線を移すと、彼女は猫を彷彿《ほうふつ》させるその瞳《ひとみ》を大きく見開き、固まっていた。

「あの……、鷹央先生。どうかしましたか？」

声をかけた瞬間、鷹央は身を翻《ひるがえ》し、電子カルテへと走っていった。途中、体が当っていくつかの〃本の樹《き》〃が崩れる。

僕は床に落ちた本を踏まないように気をつけながら、鷹央に近づいていく。きっと鷹央はなにか手がかりを摑んだのだ。早坂の死の真相を解明するための、重要な手がかりを。その確信が、心臓の鼓動を加速させる。

鷹央はさっきと同じように早坂のCT画像を見ていた。頭部の下の方、ちょうど延髄が映っているあたりの画像を表示させると、まばたきもせずにディスプレイを凝視しはじめる。彼女の集中を乱さぬよう、僕は息をひそめてその横顔を見つめていた。

背もたれに体重を乗せて反り返り、鷹央は天井を見上げる。その口から、小さな声が漏れた。

「……のハンマー」

「え？　なんですか？」

「凶器だよ。今回の事件に使われた凶器」

「凶器⁉　ということはやっぱり他殺だったんですか？　でも、ハンマーなんてどこにも映っていませんでしたよ」

訊ねるが、鷹央は答えるかわりにふっと鼻を鳴らした。

「この前の『バッカスの病室事件』といい、また神がらみかよ。いつの間に、この病院にはユグドラシルが生えたのやら」

「え、ユグ……。なんですか？」

「ユグドラシル、北欧神話に出てくる、次元を超越し神の世界と現世を繋《つな》ぐ世界樹だよ」

「あ、あの……なにを言っているのか、全然わからないんですけど」

戸惑いながら言うと、鷹央は天井あたりを眺め、再び黙り込んだ。

いったいなにに気づいたというのだろう。

疑問で溢《あふ》れかえる頭を必死に働かせながら、僕は鷹央の次の言葉を待つ。

「終わりだ……」

ぼそりと鷹央が漏らしたつぶやきが、部屋の空気に溶けていく。意味が分からず、僕は「はい？」と聞き返した。

「だから、終わりだって言ったんだ。私はもうこれ以上、この件にはかかわらない」

鷹央は緩慢に立ち上がる。

「え⁉ ちょっと待ってくださいよ。じゃあ、今回の事件はどうするんですか？」

「なあ、小鳥。お前、うちに赴任してきてどれくらいになる？」

唐突な質問に、僕は目をしばたたく。

「ちょうど、一年くらいですが」

「この一年、私から診断医としてノウハウを学んできた。そうだな」

「はい、そうです」

頷《うなず》くと、鷹央はまっすぐに僕を見つめてくる。その大きな瞳に吸い込まれていくような錯覚に襲われた。

「なら、一年間の成果を見せてみろ。事件を解き明かすための情報はすでに集まっている。そこから、早坂翔馬の身になにが起きたのか、『診断』を下してみろ」

「僕がですか⁉」

声が跳ね上がる。あの日、リングでなにが起きたのか、そしてなぜ鷹央が急に手を引くと言い出したのか、どちらもまったく分からず、混乱していた。

「で、でも、鷹央先生が手を引いて、僕が真相にたどり着けなかったらどうするんですか」

「それならそれで、私はかまわない」

「そんな……」

絶句すると、鷹央は「ただな」と唇の端を上げた。

「お前は私が患者に診断を下すのを、そして様々な不可解な事件を解決していくのを誰よりも近くで見守り、その経験を共有してきた。お前は自分が思っている以上に、診断医として成長しているはずだ。それを証明してみろ」

鷹央は大きくあくびをすると、寝室へと繋がる扉の前まで移動する。ドアノブを摑んだ彼女は、振り返って下手くそなウインクをしてきた。

「この一年の成果を私に見せてみろ。期待しているぞ」

扉を開けた鷹央は、ふとなにか考え込むように視線を彷徨わせたあと、「まあ、頑張れよ」と悪戯《いたずら》っぽく舌を出した。

鷹央の姿が寝室へと消え、扉が閉まる音が部屋の空気を揺らす。僕は呆然《ぼうぜん》と立ち尽くすことしかできなかった。

無限の好奇心を胸に秘めている鷹央は、一度『謎』に興味を持つと、それが解けるまでスッポンのように食らいつき続ける。そんな彼女が『謎』を途中で投げ出すなんて……。

そこまで考えたところで、僕は勢いよく首を振る。

いや、違う。鷹央は投げ出したんじゃない、任せたんだ。彼女のもとで一年間学んできた僕ならこの『謎』を解けると、信頼してくれたんだ。

僕は胸に手を当てる。そもそも、僕の知人が命を落とし、そして後輩が調査を依頼してきた事件だ。傍観者でいてどうするんだ。

あまりに超人的な鷹央に気後れして、いつの間にか彼女に頼り切っていたのかもしれない。いつしか、鷹央が鮮やかに事件を解決するのを、ただ待つだけになっていたのかもしれない。

僕は内科医として、診断医として、一人前になるために統括診断部に赴任し、そして最高の診断医の下で学ばせてもらった。だから、今回の事件の真相を一人で解き明かそう。事件を解決しよう。

それこそが、きっと僕にできる恩返しに違いないのだから。

両手で頬を張って気合を入れると、僕は胸を張って前を向いた。

壁に取り付けてある液晶テレビに近づくと、事件の映像を最初から見はじめる。この動画を見て、鷹央はなにかに気づいた。このどこかに、手がかりが隠されているはずだ。

息を殺して、画面を見続ける。やがて、早坂が崩れ落ちる場面まで映像は進んでいった。

倒れる瞬間まで早坂に異常は認められない。もしこれが他殺だとするなら、どうやって千人もの視線でできた〝密室〟で早坂の心臓を止めることができたのだろう。どれだけ頭を絞っても、その方法が思いつかなかった。

やはり、他殺ではなく病死だったのだろうか。早坂が八木沢に告げた『不治の病』、それが早坂の命を奪ったのだろうか。しかし、新チャンピオンの誕生が告げられた絶妙のタイミングで心停止するなどという偶然があり得るのか。

それに鷹央は『凶器』や『ハンマー』という単語を口にしていた。早坂がハンマーによって殺害されたということか？　しかし、いくら目を凝らしても、それらしきものは画面に映っていない。

誰にも気づかれず、被害者の心臓を止めるハンマー。そんなものが、果たして存在するのだろうか。

知恵熱がこもっている頭を抱えているうちに、画面では轟と律子による蘇生《そせい》処置がはじまっていた。

「え……？」

呆《ほう》けた声が漏れる。僕は口を半開きにして画面に視線を注ぎ続ける。自分がなにを見ているのか理解できなかった。

僕は慌《あわ》てて映像を巻き戻して見直す。やはりそこには、明らかに異常な光景が映っていた。

まさか、これが早坂の命を奪った凶器？

「……いや、違うな」

僕は首を横に振る。こんな方法で人を殺すことなどできないはずだ。そこまで考えたとき脳裏に、ついさっき寝室に引っ込む直前の鷹央の姿がよぎった。

僕は大きく息を呑《の》む。

悪戯っぽく舌を出した鷹央に違和感を覚えていた。その場の雰囲気にそぐわない行動だと。しかし、もしあれが不器用な彼女が僕に贈ったヒントだったとしたら……。

足を縺《もつ》れさせながら電子カルテに近づいた僕はディスプレイを両手でつかみ、そこに映っているCT画像を凝視する。

喉の奥から「ああ……」という呻き声が漏れた。

頭の中でバラバラに散らばっていたパズルのピースが複雑に組み合わさっていき、あの日、リングでなにが起きていたのか、その青写真が浮かび上がっていく。

あまりに残酷な青写真が。

すべてが分かった。どうやって千人を超える人々の環視のもと、早坂の命を奪うことができたのか。そして、なぜ鷹央が僕にこの事件を任せたのか。

あとはこの悲劇に幕を下ろすだけだ。そのためには……。

僕はズボンのポケットから、ゆっくりとスマートフォンを取り出した。

6

裏口から体育館に入ると、暗い廊下が延びていた。

「あのー、ここってこの前、キックボクシングの試合を見た体育館ですよね。どうしてここに来たんでしょうか」

後ろを歩く鴻ノ池が訊ねてくる。

「さっき言っただろ。早坂さんの事件を解決するんだよ。お前も一応、関係者だから、立ち会いたいだろうと思ってな」

八木沢の話を聞いた二日後の金曜日、午後十時過ぎ、僕は鷹央と鴻ノ池を連れて、先日タイトルマッチが行われた体育館にやってきていた。

「そりゃ、もちろん立ち会いたいですよ。けれど……」

鴻ノ池は隣に立つ鷹央に視線を送る。

「なんか、いつもは鷹央先生が前に立って引っ張っていくのに、今回は小鳥先生が主導していいるような」

「ああ、私は今回の件から手を引いたからな」

「手を引いた⁉　鷹央先生が⁉」

鴻ノ池は目を丸くする。

「そうだ。今日、私は単なる傍観者だ。小鳥がこの事件にどのような『診断』を下し、そしてどのように解決するのか、指導医として見届けにきただけだ」

「え……、え？　鷹央先生が謎の解明を他人にゆずるなんて……。それに、小鳥先生が『診断』するんですか？」

鴻ノ池は丸くなったままの目を僕に向ける。

「なんだよ。文句あるのか？」

「文句ってわけじゃないんですけど、小鳥先生にあんな不思議な事件が解けるのかなぁ、とか思ったりして。私の中では小鳥先生って、なんというか頭より体を動かすタイプなんですよ。じっくり考えて『診断』するより、救急患者とかを脊髄反射で素早く治療していくのが得意というか」

脊髄反射って……。暗に僕がなにも考えていないって言ってないか？

「悪かったな、反射だけで生きている下等生物で。そんな僕じゃ、どうせ事件解決なんてできないだろうから、お前は帰っていいぞ」

「ああ、すみません。不満なんて全然ありません。ぜひ立ち会わせてください。事件が解決できないなんて、これっぽっちも思っていませんよ」

「最初からそう言えばいいんだよ」

「だって、小鳥先生が間違っても、鷹央先生が立ち会っていれば、かわりに正しい『診断』をくだしてくれるでしょうし」

「……やっぱりお前、帰ってくれないかな」

鴻ノ池を連れてきたことを後悔しつつ、僕は廊下を進んでいく。

「でも、なんでわざわざこの体育館に来たんですか？」

「これから会う人の指示だよ。話をしたいならここに来いってね」

廊下の突き当りにある観音開きの扉を開く。この体育館のメインホールである広い空間には階段状に客席が設営されており、その中心にある四角いリングがライトに照らし出されていた。

選手入場に使用する花道を通って、僕たちは進んでいく。リングではジャージを着たがっしりとした体格の男性が、コーナーポストにもたれかかるようにして立っていた。

「よう、小鳥遊。よく来たな」

空手部の先輩であり、先日の大会のリングドクターでもあった轟勇人が、軽い口調で言う。よく見ると、リングの下には早坂律子の姿もあった。

「こんばんは、轟先輩。わざわざ時間を取ってくれて、ありがとうございます。律子ちゃんも」

「当然だろ。翔馬の事件の真相が分かったから、俺たち兄妹と話がしたいなんて言ってくるんだからよ」

「けど、まさかここで話すことになるとは思いませんでした」

一昨日、轟に電話をすると、今夜この体育館に来るように僕は告げられた。

「明日、またここでキックボクシングの興行をするんだよ。主催者とは顔見知りだから、特別に許可をもらって会場を使わせてもらった。このリングで起きたことについて話をするんだ。これ以上の場所はないだろ」

轟はシニカルな笑みを浮かべると、リングサイドまで近づいた僕たちを見下ろす。

「それで、やっぱり天久先生が説明してくれるのかな。どうして翔馬が命を落としたのか」

「いや、私ではなく小鳥が説明する」

鷹央は首を横に振った。

「そうか、それは好都合だ」

僕が「好都合？」と聞き返すと、轟は手招きをする。

「小鳥遊、とりあえずリングに上がれよ。話はそれからだ」

「分かりました」

靴とソックスを脱いだ僕は、リングに上がってコーナーポストの前に立つ。素足にマットの柔らかい感触が伝わってきた。

「じゃあ、早坂さんがどうして亡くなったのか……」

「そう焦《あせ》るなって」

対角の位置にあるコーナーポストに寄りかかりながら、轟が僕の言葉を遮った。

「せっかくこんな会場を借り切っているんだ。久しぶりに組手でもどうだ」

「組手って、なんでそんなことを？」

「時間を作って、お前の呼び出しに応じたんだ。少しぐらい、こっちのわがままを聞いてくれてもいいだろ？　嫌だって言うなら話すことはない。俺は律子と帰るぜ」

轟は「なあ？」と律子を見る。彼女は躊躇《ためら》いがちに頷いた。

話を聞いて欲しいなら組手をしろ。どう考えても理不尽な要求だ。早坂の死について調べて欲しいと言ってきたのは、あちらなのだから。

ただ、轟がこんな条件を出すには、なにか理由がある気がした。そもそも……。僕は振り返ってリング下に視線を向ける。そこでは、鷹央がその大きな瞳で僕を見守っている。

そう、そもそもここで退くという選択肢は残されていないのだ。この一年でどれだけ成長したのか、今夜それを証明しなければならないのだから。

「分かりました」

僕はジャケットを脱いでTシャツ姿になる。

「やる気になってくれて嬉《うれ》しいよ」

轟もジャージを脱ぎ、上半身裸になった。昔、キックボクサーとしてプロのリングに上がっていただけあり、贅肉は削《そ》ぎ落とされていて、盛り上がった筋肉の上に皮膚が貼《は》り付いている。

「いやあ、眼福眼福。至近距離であんないい体を見られるなんて。せっかくだから小鳥先生もTシャツ脱いじゃいましょうよ。ほら」

鴻ノ池が僕からジャケットを受け取りながら、口元を拭《ぬぐ》うような仕草をした。

「……お前、本当に帰ってくれないかな」

やっぱりこいつを連れてくるんじゃなかった。

「それで、ルールはどうします」

僕は轟に向き直る。

「青タンを作って診察するわけにもいかないから、顔面への突きはなしにしよう。時間は三分でどうだ。お互い現役じゃないし、一ラウンドが限界だろ。律子、時計を頼むぞ」

律子があごを引くのを見て、僕と轟はリングの中央に進んでいく。二メートルほどの間合いを取って向き合うと、僕たちは自然と一礼し、身構えた。

「大学時代はよく稽古《けいこ》をつけてやったよな」

「ええ、いつもぼこぼこにされていました。けれど、そのおかげで強くなりました。いまならいい勝負ができると思いますよ」

「それは楽しみだ」

轟が不敵な笑みを浮かべると同時に、律子が「始め！」と声を上げる。轟はふっと身をかがめると、マットを蹴《け》って間合いを詰めてきた。

空手部時代、轟は強力な中段突きを得意にしていた。懐に入られると厄介だ。僕は距離をとろうと前蹴りを放つ。しかし、爪先《つまさき》が鳩尾《みぞおち》を捉《とら》える前に、轟は前腕を叩きつけるようにして、僕の蹴りを叩き落とした。一瞬にして間合いが詰まる。

慌てて下げた腕に、轟は左のボディブローを叩き込む。ガードの上からでも息が詰まってしまうほど強力なパンチだった。

バックステップで距離を取った僕は、中段蹴りを放つ。両手でガードをした轟だったが、体重を乗せたキックを受けて前進を阻止される。

攻撃の威力では負けているが、リーチでは僕に分がある。離れた間合いから蹴りを中心に組み立てていこう。そう考えた僕は、上段蹴りを放つ。

轟は反り返るようにして蹴りを避けると、片足立ちになった僕の軸足に下段蹴りを打ち込んだ。痺《しび》れるような痛みが太腿《ふともも》に走り、うめき声が漏れてしまう。それを見た轟は距離を詰め、左右の下段蹴りを続けざまに放ってきた。

体重が乗った蹴りを受けた足にダメージが蓄積され、皮下出血で腫《は》れあがっていくのを感じる。

このままじゃ立っていられなくなる。そう思った僕は咄嗟《とっさ》に両手を伸ばし、包み込むように轟の頭部をとらえると、腕に力を込めて思い切り引きつけた。ムエタイなどで使われる首相撲と呼ばれる技術で轟のバランスを崩した僕は、彼の腹に向けて膝蹴《ひざげ》りを突き上げる。膝頭が内臓にめり込む感覚。轟の口から「ぐふっ」という声が零《こぼ》れた。

僕は首相撲で轟をとらえたまま、続けざまに膝蹴りを打ち込んでいく。轟は体を曲げ、両腕で腹を守る。十分に頭が下がったのを見て、あごに膝蹴りを打ち込もうと足を上げた瞬間、轟は両手で僕の胸を押した。バランスを崩した僕は、背後のロープにもたれかかるような形になる。

轟は体当たりするように体重をかけて僕の体をロープに押し込むと、両拳を振るいはじめる。今度は僕が腹をガードする番だった。固い拳が前腕に打ちつけられ、顔が歪《ゆが》んでしまう。

なんとか蹴りを出せるスペースをつくらなくては。僕の胸に額を当てている轟の顔を片手で掴むと、強引に引き剝《は》がす。あとは前蹴りで突き放す。そう思ったとき、足に衝撃が走った。僕が蹴りを出す前に、轟の下段蹴りが僕の足に打ち込まれていた。すでにダメージが蓄積していた足に追い打ちをくらい、体を支えているのも難しくなる。

たたらを踏んだ僕の胸に向け、轟が渾身の一撃を放った。胸骨に叩《たた》き込まれた衝撃が、その裏にある心臓まで突き抜ける。肺から強制的に空気が押し出され、動きが止まってしまう。そんな僕にとどめを刺そうと、轟は鳩尾めがけて左拳を振るってきた。

ここだ！　僕は歯を食いしばって痛みをこらえると、右足を軸にして勢いよく体を回転させて轟の中段突きを受け流すと同時に、後ろ回し蹴りをくり出した。体重と遠心力がのった踵《かかと》が轟の肝臓を抉《えぐ》り、その体が後方に吹き飛ばされる。顔をゆがめた轟は、脇腹《わきばら》を押さえて片膝をついた。

「それまで！　三分経《た》った」

律子の声が響きわたる。肩で息をしながら、僕はその場に座り込んだ。何発も下段蹴りを食らった足で、これ以上体重を支えていることができなかった。

「あそこで後ろ回し蹴りを出してくるとはな。やられたよ」

脇腹を押さえたまま轟が言う。

「轟先輩の突きと下段蹴りもさすがでした。で、結局なんで組手をしないといけなかったんですか?」

「あとで教えてやるよ」

轟がニヒルな笑みを浮かべると、鴻ノ池が駆け寄ってくる。

「小鳥先生、大丈夫ですか?」

「ああ、大丈夫だよ。蹴られた足が痛くて、力が入らないけどさ」

律子もリングに上がり、「兄さん、大丈夫?」と心配そうに轟の顔を覗き込んだ。

「なかなか面白い見世物だったな」

背後から声をかけられ振り返る。いつの間にか、鷹央がそこに立っていた。

「ただ、これを見せるために私を連れてきたわけじゃないだろ。空手家としてでなく、診断医として成長しているところを見せる約束だったはずだ」

「ええ、いまのは前座の余興です。メインイベントはこれからですよ」

鷹央はにっと口角を上げると、「期待しているぞ」と僕の背中を叩いた。力強く頷いた僕は唇を噛《か》み、まだじんじんと痛む太腿に力を入れて立ち上がる。膝をついていた轟も、律子の肩を借りて立った。

「轟先輩、言われた通りに全力で組手をしました。約束ですから、話を聞いてもらいますよ」

「ああ、分かってるよ。どうして翔馬が命を落としたか、だよな」

「はい。では、最初に早坂さんの疾患についてから説明させてもらいます」

「疾患っていうのは心筋梗塞《こうそく》のことか？　翔馬を診た救急医は、急性心筋梗塞で突然死したと言っていたぞ」

轟は挑発するような口調で言う。

「いえ、心筋梗塞ではありません」僕は首を振る。「試合後に突然、心肺停止状態に陥り、ＣＴで頭蓋《ずがい》内出血が認められなかったため、消去法で心筋梗塞の可能性が高いと考えられただけです。けれど、それは正しくありませんでした。早坂さんの体は、病気に冒されていたんです。……命にかかわる、重大な病気に」

「検査では大きな異常は見つからなかったんだろ。どうして重大な疾患があるなんて分かるんだ」

「早坂さんが自分で言ったからですよ」

「自分で？」

轟は眉をひそめる。

「ええ、そうです。あの試合で不破からダウンを奪われ、なんとか立ち上がったとき、早坂さんはレフェリーに言ったんです。『不治の病で、俺はもう長くない。だから、最後まで試合をさせてくれ』ってね」

轟と律子の表情がこわばった。

「あのー、それって試合を止められたくないから、とっさに嘘《うそ》をついたんじゃないですか」

鴻ノ池が口を挟む。

「そうかもしれない。けれど、本当に早坂さんが『不治の病』にかかっていたと仮定すると、色々と不可解だった状況に説明がつくんだ。どうして、もしチャンピオンになっても引退すると決めていたのか。どうして試合中、ほとんどキックを出さなかったのか。どうして、試合開始直後から不利な打ち合いを挑むなんていう玉砕戦法を取ったのか」

僕は乾いた口の中を舐《な》めると、言葉を続ける。

「あの試合で引退を決めていたのは、もうすぐキックボクシングなんてできない状態になることを知っていたから。キックが出せなかったのは、下肢の筋力が落ちて、十分に威力のある蹴りを出せなくなっていたから。試合開始直後に打ち合ったのは、心臓の機能が落ちていて長くは動けなかったから」

「でも、体力が落ちる病気っていくらでもありますよね」

鴻ノ池は唇に指先を当てた。

「もし早坂さんが重い疾患に罹《かか》っていたとしても、救急部でやった検査ではなにか特別な疾患を示すような特徴的な所見はありませんでしたし、診断をくだすのは難しいんじゃないですか」

「いや、そんなことはない。ちゃんと頭部CTにその疾患に特徴的な所見が映っていた。それに気づいていなかっただけなんだよ」

「頭部？　頭蓋内出血はなかったんじゃ……」

「そう、僕たちは出血にばかり意識が向いていた。だから、そこに映っていた小さな異常を見落としてしまっていたんだ」

「小さな異常？　それってなんですか」

焦《じ》れたように身を揺らす鴻ノ池に向かって、僕は小さく舌を出した。鴻ノ池は頬を膨らませる。

「なんでそんな意地悪するんですか？　子供みたいに」

「意地悪じゃない。これが答えなんだよ」

一昨日、事件から手を引くことを宣言した鷹央は、寝室に消える寸前、悪戯っぽく舌を覗かせた。あの行為こそ、事件を解決するための手がかりにして、僕に対する彼女なりのエールだったのだ。

「答えって……舌？」

戸惑い顔でつぶやく鴻ノ池に、僕は「そうだ」と答える。

「よく見ると、早坂さんの頭部CTに映っていた舌は明らかに大きかった。肥大していたんだ。巨舌と呼ばれる症状だな」

「巨舌……」

「試合開始早々、パンチを受けた早坂さんの口からマウスピースが飛んでいた。よっぽど不破のパンチが強いのかと思っていたけど、あれはきっと、舌が肥大していたせいでマウスピースが合わなくなっていたからだ。救急で丹羽先生がなかなか挿管できなかったのも、舌が大きくて咽頭《いんとう》がよく見えなかったからだろう」

「それじゃあ、早坂さんが患《わずら》っていた病気って……」

「巨舌を起こし、心機能が低下し、下肢の筋力が低下する不治の病。その条件から考えられる疾患はただ一つ」

僕は言葉を切ると、横目で鷹央を見る。彼女がかすかに微笑《ほほえ》んだ気がした。

「全身性アミロイドーシスだ」

「全身性アミロイドーシス……」

鴻ノ池がたどたどしくつぶやくのを聞きながら、僕は轟と律子に視線を向ける。二人はほとんど表情を動かすことなく、無言で僕の話に耳を傾けていた。

「全身性アミロイドーシスは、アミロイドと呼ばれる線維構造をもつ蛋白質《たんぱくしつ》が神経や臓器に沈着して障害が生じる疾患だ。関節リウマチなんかの慢性炎症や、長期間の人工透析、骨髄の形質細胞異状などの色々な原因で起こり、それぞれ症状や経過が異なる。早坂さんの場合、以前から立ちくらみを訴えていたことと、試合の前に僕が腕を触ったのに気づかなかったことから、自律神経障害や感覚障害が生じていたと思われる。それに、早坂さんは早くに母親を亡《な》くしている。そこから推測すると、家族性アミロイドニューロパチーだった可能性が高い」

「それって……、たしか遺伝性の難病でしたよね」

鴻ノ池は記憶を探るように、こめかみに手を当てた。

「ああ、常染色体《じょうせんしょくたい》顕性遺伝する疾患だよ。この病気の患者は、肝臓でアミロイドが生成されてしまい、それが全身に蓄積されていく。その結果、初期には末梢《まっしょう》神経と自律神経が強く障害されて起立性低血圧による立ちくらみ、手足の末端からはじまる感覚障害、筋肉の萎縮《いしゅく》などの症状が生じる。そして、病気が進行していくと、心臓、消化器、腎臓などの臓器も冒されていくんだ」

「えっと……、治療法はないんでしたっけ？」

「肝移植によって肝臓を取り換えれば、それ以上アミロイドが生成されることもなくなる。けれど、脳死患者からの臓器移植が少ない日本ではなかなか難しい。家族から生体肝移植を受けるという方法もあるけど、移植できたとしても、一度臓器に沈着したアミロイドは除去できない。病状が進んだ状態では、移植の適応にならないことも多いんだ」

「不治の病……」

鴻ノ池の口から、その言葉が零れる。

「そう、ある程度進行した家族性アミロイドニューロパチーは、まさに不治の病だ。特に、心臓の障害が患者の命を奪うことが多い。アミロイドが心筋に沈着すれば心不全を起こし、心拍を制御する刺激伝導系に沈着すれば、不整脈によって突然死が起こることもある」

「突然死⁉」

鴻ノ池の目が大きくなる。

「じゃあ、早坂さんが試合後、心肺停止になったのって、アミロイドーシスのせいなんですか？　やっぱり早坂さんは病死だったんですか？」

心機能が低下するほど全身性アミロイドーシスが進行していた患者が、突然心肺停止状態になった。それだけを見れば、鴻ノ池が言う通り病死だと考えるのが筋だろう。心臓の刺激伝導系に沈着したアミロイドによって致死的な不整脈が引き起こされたと。けれど……。

僕はゆっくりと首を横に振った。

「今回の事件はそんな単純なものじゃない。なあ、鴻ノ池、文字通り命を賭《と》した試合で劇的な逆転勝利をあげ、念願のチャンピオンベルトを巻いた瞬間に病死する。そんなの出来過ぎじゃないか？」

「たしかにそうですけど……」

「そう、出来過ぎなんだよ。そんな偶然、実際に起こるわけがない。今回の事件は最初から綿密に計画され、仕組まれていたものだ」

「仕組まれてってことは、早坂さんは殺されたっていうことですか？　千人以上の目撃者がいるなか、誰にも気づかれずに人を殺すって、いったいどうやって？」

「〝トールのハンマー〟を使ったんだよ」

「トール？」

「トールは北欧神話に出てくる雷神だ。ハンマーを武器として使い、雷を操るんだ。つまり、早坂さんは電撃で心臓を貫かれ、心停止した。ですよね、轟先輩」

僕は轟に声をかける。しかし、彼はまったく反応しなかった。

「電撃？　それって……」

鴻ノ池の眉間《みけん》にしわが寄る。

「鴻ノ池。よく思い出してみろ。あの日は混乱状態だったから気づかなかったけど、早坂さんへの蘇生処置で明らかにおかしな点があるんだよ」

「おかしな点？　え？　おかしな点なんてありましたっけ」

記憶をさらっているのか、鴻ノ池は視線を彷徨わせる。まあ、気づかないのも当然だ。僕も映像をじっくり見直してようやく気づいたのだから。

「なあ、早坂さんはどんな状態の心停止だったんだ」

鴻ノ池は目をしばたたくと、数秒の沈黙ののち「あっ」と声を上げる。

「そう、心停止っていうのは心臓がその機能を失っている状態のことだけど、それには四つの種類がある。心臓の筋肉が細かく痙攣《けいれん》している心室細動、拍動があまりに早くなってポンプ機能を失っている無脈性心室頻拍《ひんぱく》、心臓が完全に動きを止めている心静止、そして心電図上に波形は生じるけれど脈拍は確認できない無脈性電気活動だ」

僕は指折り数えていく。

「この四つの内、除細動が有効なのは心室細動と無脈性心室頻拍の二種類だけだ。当然だよな。除細動は心臓を動かすためにやるものじゃない。逆に、電気ショックで心臓の動きを一瞬完全に止めて、その結果として正常な拍動にもどそうとする処置なんだからな」

そこで言葉を切った僕は、轟と視線を合わせる。

「轟先輩はどうして、早坂さんに除細動が必要だという判断ができたんですか。あのとき心電図をとっていないのに、どうして早坂さんの心臓の状態を把握できたんですか？」

轟は固く唇を結んだまま、答えなかった。

「AEDを使っていたなら分かるんです。AEDは医療者以外でも使えるように、自動的に心電図をとって解析し、電気ショックが必要かどうかを判断してくれますから。けれど、あのとき轟先輩が使用したのはポータブルの除細動器でした。あれは本来、医師が心電図の波形を確認したうえで除細動が必要だと判断した場合のみ、パドルのボタンを押し込んで電気ショックを与えるものです」

僕は小さく肩をすくめる。

「そもそも、リングドクターがポータブルの除細動器を持ってくること自体が不自然なんですよ。あの機械は、いつでも心電図が取れる病院内で使用するためのものだ。院外ならAEDを持ってくるのが当然です。にもかかわらず、わざわざポータブル除細動器を準備した理由は一つだけです」

「……その理由っていうのはなんだ」

轟が押し殺した声で言う。

「本来、行うべきでない場面でカウンターショックをして、早坂さんの心臓を止めるためです」

轟の顔に、ふっと自虐的《じぎゃくてき》な笑みが浮かんだ。

＊

「AEDは除細動が必要な場合以外は通電できなくなっています。けれど、ポータブル除細動器はパドルのボタンさえ押せば、状況に関係なく電流をながすことができる。さっき言ったように、除細動は一時的に心臓の動きを止める処置です。早坂さんはカウンターショックを受けた結果、死亡したんです」

轟と対峙《たいじ》しながら、僕は淡々と説明を続ける。

「待ってください、それっておかしくないですか？」

鴻ノ池が勢いよく手を挙げた。

「心臓には自動能があります。電気ショックで心臓を止めても、普通はすぐに心拍が再開するはずです」

「そうだな。けど、早坂さんの心臓は『普通』の状態じゃなかった」

鴻ノ池の目が大きくなる。

「そう、早坂さんの心臓はアミロイドの蓄積によりダメージを受けていたんだ。そんな状態の心臓が、高電圧の電流によって強制的に停止させられた。正常な状態ならすぐに心拍が再開されたんだろうが、アミロイドで障害されていた刺激伝導系は、再び心臓を拍動させる力が残っていなかったんだよ」

僕は「ですよね」と水を向けると、轟は大きく両手を広げた。

「おいおい、いまの話には大きな穴があるぞ。お前のいう通り、アミロイドで障害された心臓にカウンターショックを行えば、心停止に追い込めるかもしれない。けれど、あくまで『しれない』だ。何回通電しようが、その度に心臓が拍動を再開することだって考えられる。いや、普通に考えればその可能性の方が高いくらいだ。仮に俺が翔馬を殺そうとしていたとしても、そんな不確かな方法を取ると思うか？」

「いえ、不確かな方法なんかじゃありません」

「なんだと」

轟の目付きが鋭くなる。

「たしかに、カウンターショックだけで心停止させられる保証はない。けれど、この計画にはプランBが用意されていたんですよ」

「プランBって？」

つぶやく鴻ノ池に、僕は視線を向ける。

「鴻ノ池、あのときお前は轟先輩に指示されて、早坂さんの点滴ラインを確保した。そうだよな？」

「は、はい。そうです」

「轟先輩、なんであのとき点滴ラインがとれたんですか?」

僕が視線を戻すと、轟は眉間にしわを刻んだ。

「心肺停止状態の患者がいれば、点滴ラインをとって蘇生に必要な薬物を投与するのは当然だろ」

「ええ、当然ですね。けど、僕が訊《き》いているのは『なぜ点滴ラインをとった』ではなくて、『なぜ点滴ラインをとることができたか』なんですよ」

「なにが言いたいんだ。まどろっこしいことはやめろ」

轟の声に苛《いら》立《だ》ちが混じる。僕は「ああ、すみません」と謝りつつ、視界の隅で鷹央を確認する。いつも彼女のもったいつけた謎《なぞ》解きに立ち会っているので、悪い癖がうつってしまった。

「僕が言いたいのは、どうしてリングドクターが点滴セットを用意していたかなんですよ。リングドクターの主な業務は、選手が打撃でカットした場合の傷口の確認、捻《ねん》挫《ざ》や骨折、脱臼《だっきゅう》など怪我《けが》に対する治療、脳震盪《のうしんとう》を起こした場合の処置です。それらに点滴は必要ありません。にもかかわらず、先輩は点滴セットを準備していた。だからこそ鴻ノ池は、あのとき点滴ラインをとることができたんです」

「……たんに準備が良かっただけだ」

「いいえ、違います。その点滴ラインこそ、プランBだったんです」

「どういう意味だ」

轟の声が低くなる。

「簡単ですよ。点滴ラインさえとればどんな薬物でもすぐに静脈内に投与することができます。たとえば、……静脈注射すると即座に心停止を起こす、高濃度の塩化カリウム溶液とか」

僕はあごを引いて轟を見据えた。

「先輩の計画はこうでした。まず、カウンターショックによって早坂さんを心停止に追い込もうと試みる。それが失敗した場合は、即座にプランBを発動し、点滴ラインから薬物を投与することで確実に心臓を止める。早坂さんが倒れてから、先輩がずっと自分で心臓マッサージをしていたのも計画のうちでしょう。心臓マッサージは行っている本人以外には、ちゃんと胸骨を押し込んでいるのか判別するのが難しい。あなたはずっと心臓マッサージをしているように見えたが、その実、ほとんど胸骨を押し込んでいなかった。その結果、血液循環が行われることなく、脳をはじめとする全身の細胞が酸欠となり、早坂さんは命を落としたんです」

言葉を切った僕は大きく息を吐くと、轟の反応を待つ。彼は鼻を鳴らすと、芝居じみた仕草で手を叩きはじめた。

「なかなか面白い話だったよ、小鳥遊。すごい想像力だ。誰の影響だろうな」

「僕の話が間違っていると？」

「そりゃそうだ。なんで俺がそこまでして、親友だった翔馬を殺さないといけないんだよ。それに、お前の仮説には致命的な欠陥がある」

「欠陥？　それはなんですか」

「倒れた翔馬にカウンターショックを行い心停止させるのが、俺の計画だったたって言ったよな。それじゃあ、千人以上の観客が視線を注いでいたリング上にいた翔馬を、俺がどうやって倒したって言うんだ？」

轟は大きく両手を広げる。

「翔馬が崩れ落ちたとき、俺は数メートル離れたリングサイドにいた。そこから、見えない凶器でも飛ばしたって言うのか？　それとも、翔馬のそばにいた別府さんやレフェリーが共犯者で、毒とか電流で翔馬を気絶させたとでも？」

「いえ、早坂さんの遺体にはそんな痕跡《こんせき》はありませんでした」

「それじゃあ、誰がどうやって、衆人環視の中で翔馬を倒したって言うんだ！」

轟はあごを引くと、僕の目をまっすぐに見つめてくる。その視線を正面から受け止めながら、僕は静かに言った。

「誰も早坂さんを倒していません。あのとき、早坂さんは自らの意志でリングに崩れ落ちたんです」

「自らの意志で？　それってどういうことですか⁉」

　鴻ノ池が耳元で甲高い声を上げる。

「大きな声を出すなって。言った通りだよ。早坂さんは自分からリングに倒れたんだ。そりゃ、何人目撃していても関係ないよな。その時点では、早坂さんはなにもされていなかったんだから」

「待ってくださいよ。どうして早坂さんが自分から倒れる必要があったんですか⁉」

　上ずった声で鴻ノ池はまくしたてる。

「簡単だよ。轟先輩からカウンターショックを受けて、心臓を止めてもらうためだ」

「心臓を止めてもらうって……、それじゃあ……」

　鴻ノ池は大きく息を呑んだ。

「ああ、そうだ。今回の事件は殺人じゃない。自殺と、それに協力した自殺幇助《ほうじょ》だったんだ」

「でも、なんでチャンピオンになった瞬間に……」

　信じられないのか、鴻ノ池は細かく首を振る。

「その瞬間だからだよ。早坂さんはずっとチャンピオンを目指して必死に努力してきたけど、全身性アミロイドーシスを患い、残された時間が少なくなった。タイトルマッチに勝ち、文字通り命を削って手に入れたベルトを腰に巻いてチャンピオンとなった瞬間、人生に幕を下ろす。それこそが早坂さんの願いだったんだよ。そして轟先輩は、親友としてそれに協力したんだ。そうですよね」

僕は轟に視線を向ける。彼は首を横に振った。

「小鳥遊、お前は根本的なところで間違っている」

ああ、この期《ご》に及んでまだ認めてくれないのか。内心失望している僕の前で、轟は唇の片端を上げた。

「早坂はチャンピオンになった瞬間に死にたかったわけじゃない」

轟は言葉を切ると、リングの中央に視線を落とした。あの日、そこに倒れた親友の姿を思い出すかのように。

「あいつはこう望んでいたんだ。『病院のベッドじゃなく、キックボクサーとしてリングで死にたい』ってな」

「……じゃあ、認めるんですね。早坂さんの自殺に協力したことを」

僕の問いに答えることなく、轟は会場を見回した。

「なあ、どうしてさっきお前と組手をしたのか、まだ分からないのか」

「え……、すみません」

とっさに謝罪すると、轟は肩をすくめた。

「一昨日、お前から話がしたいって連絡があったとき、覚悟したんだよ。全部気づかれたってな。まあ、謎を解くのはお前じゃなく、そっちの天久先生だと思っていたけどな」

「僕一人の力で解いたわけじゃないですよ」

僕は頭を掻《か》く。鷹央は間違いなく、試合の映像を見ると同時に、この事件の全容に気づいたはずだ。けれど、この事件は僕が解くべきだと、僕が解かないといけないのだと、譲ってくれたのだ。

鷹央が寝室に入るときに、ちらりと覗《のぞ》かせた舌。そのヒントがなければ、僕が真相にたどり着くことはなかっただろう。

「どっちにしろ、俺が翔馬を殺したことが知られたと思った。だから、告発される前に、お前に知って欲しかったんだよ」

「知って欲しかったってなにをですか？」

「リングをさ。翔馬が生きてきたこの舞台が、どんな場所なのか。そして、ここで戦うことがどんな意味を持つのか」

轟は首を反らして天井を見上げる。僕もそれに倣《なら》った。

降り注ぐライトの光が、視界を白く染め上げていく。それが言いようもなく心地よかった。

あの日、早坂がチャンピオンベルトを巻いたときに湧《わ》き上がった、割れんばかりの歓声が耳に蘇《よみがえ》る。

眩《まばゆ》い照明と歓声のシャワーを浴びながら、早坂はどんな気持ちで倒れ、そして人生を終えたのだろうか。

轟に「小鳥遊」と呼ばれ、僕は我に返る。

「俺がどうして組手をしたのかは分かっただろ。次はお前の番だ。どうして俺を呼び出した？　翔馬の命を奪ったことを糾弾したかったのか。たとえ本人が望んでいたとしても、命を奪うことは間違っていると」

「そんなことしません。僕がこの事件の真相を話したのは、律子ちゃんのためですよ」

「律子のため？」

轟は眉《まゆ》を顰《ひそ》める。僕は頷《うなず》くと、ずっと伏し目がちに黙っていた律子を見た。

「早坂さんが『殺されるかもしれない』と言っていたという証言から、僕たちは今回の事件を調べはじめました。けれど、早坂さんがそんなことを言うわけがないんですよ。自殺を手伝うことで轟先輩たちが罪に問われるという事態を、早坂さんはなんとしても避けたかったはずです。だからこそ自然死だと思われるように、あんなに手の込んだ計画を立てたんですから」

「じゃあ、律子さんは嘘をついていたっていうことですか？　なんのために？」

鴻ノ池が訊ねてくる。

「誰かにあばいて欲しかったのさ。自分たちが、早坂さんになにをしたのか」

「え⁉　それじゃあ、律子さんも計画のことを知っていたんですか」

「そうだ。律子ちゃんは早坂さんの妻で、医者だ。夫の全身性アミロイドーシスに気づかないはずがない。今回の計画は、リングの上で死にたいという早坂さんの願いをなんとかかなえようと、律子ちゃんが思いついたのかもな」

轟も律子も口を結んだまま答えない。その沈黙が、僕の想像が正しいことを告げていた。

「鴻ノ池、カウンターショックをする寸前、律子ちゃんが早坂さんに人工呼吸をしたの、おぼえているか」

「え？　もしかしてあれって……」

「そう、あれは人工呼吸ではなく、別れのキスだったんだよ」

鴻ノ池は両手で口元を押さえて絶句する。

「律子ちゃんは轟先輩と協力して、最高の瞬間で早坂さんの人生に幕を下ろした。けれど、いかに本人が強く望んでいたこととはいえ、夫の命を奪ったことに対して強い罪悪感をおぼえていた。だからこそ、救急部で早坂さんは殺されたと、とっさに口走ってしまったんだ。そうすれば、これまで色々な難事件を解決してきた鷹央先生が、自分たちがしたことをあばいてくれるかもしれないと思って」

「それなら、警察に自首すれば……」

「それはできなかったんだよ。早坂さんはきっと、自分の死で律子ちゃんや轟先輩が罰を受けて欲しくないと強く望んでいた。その遺志を尊重したいという想いと、罪悪感のはざまで葛藤した結果が、あの救急部での言動だった。違うかな」

僕が問いかけると、律子は深く息を吐いた。肺の奥底に溜《た》まっていた澱《おり》を吐き出すように、深く。

「ずっと苦しかったんです」

律子は落ち着いた声で語りはじめる。その表情は憑《つ》き物が落ちたかのように穏やかだった。

「翔馬さんに残された時間が少ないと知ってから、最期《さいご》のときをリングで迎えたいという彼の希望をどうにかかなえたいと思っていました。だから、兄さんに協力してもらって、あの計画を実行したんです。チャンピオンベルトを巻いた翔馬さんが幸せそうに微笑んで逝《い》ったのを見て、私は満足しました。これで良かったんだって」

悲願だったチャンピオンとなり、愛する人に見守られながら逝く。きっと早坂の最期は、幸福に包まれていたのだろう。

「でも……」

律子の眉間にしわが寄る。

「病院に着いた頃、急に怖くなりました。自分がとんでもないことをしたんじゃないか。いくら本人の希望とはいえ、夫の命を奪うなんて人として赦《ゆる》されないことだったんじゃないかって。刑事さんに話を聞かれたときには、あまりに苦しくて、思わず自首しようと思いました。けれど、『俺がいなくなっても、きっと幸せになると約束してくれ』って翔馬さんが言っていたのを思い出して、できませんでした。だから、誰かに私たちがしたことをあばいてもらったら、約束を破ることにはならないと思って、とっさに翔馬さんが殺されたと言ったんです」

僕を見つめながら、律子は目を細める。

「兄さんと同じで、私は天久先生が全部見破るんだと思っていました。これまで色々な事件を解決してきたって、鴻ノ池さんから聞いたから。けど、心の底では小鳥遊先輩にあばいて欲しいと思っていたのかも。翔馬さんと私たち兄妹の関係を誰よりも知っているのは、先輩ですから」

瞳《ひとみ》から零れた涙が、律子の頬を伝っていく。

そう、僕は誰よりも近くで、轟、律子、そして早坂を見てきた。だからこそ、鷹央は真相を見破っていたにもかかわらず事件から手を引き、僕にすべて任せてくれたのだ。

律子と轟のしたことは、法律上は罪とみなされるものだろう。しかし、果たしてそれは間違った行為だったのだろうか。

深い愛情ゆえに犯した殺人。

この悲劇の責任を、誰がどのような形で負うべきなのか。鷹央はその判断を、僕に委《ゆだ》ねてくれた。

僕を信頼してくれた。

それが、なにより嬉しかった。

だからこそ、真相に気づいたあとも僕は悩んだ。どうすれば、鷹央の期待に応えられるのか。この事件にどうやって終止符を打てばいいのか。

「なあ、小鳥遊」

震える律子の肩に手を添えながら、轟が言う。

「これからお前はどうするんだ？　いまのことを警察に伝えるのか？」

僕はゆっくりと頭《かぶり》を振る。

「そんなことはしません。僕はもう、なにもしません」

そう、なにもできない。いったい誰がこの哀《かな》しくも美しい罪を裁けるというのだろうか。

真相をあばき、それを伝えることで、律子を苛《さいな》み続けていた苦悩をやわらげる。それこそが、僕にできる唯一《ゆいいつ》のこと。

「……じゃあ、俺たちはどうすればいいんだ？」

轟の顔に戸惑いが浮かぶ。

「それは自分たちで考えてください。どうするのが、律子ちゃんにとって一番幸せなのか。早坂さんはきっとそのことを、自分がチャンピオンになることより望んでいたはずですから」

照明が明るく輝く天井を見上げる。

「そうか……、そうだよな……」

轟は眩《まぶ》しそうに目を細めながらつぶやいた。まるで、そこに浮かぶ親友の魂に語り掛けるように。

「小鳥遊、悪いけど、律子と二人だけにしてくれないか」

「……はい、分かりました」

僕は頷くと、すぐ隣でずっと見守ってくれていた鷹央を見る。

「行きましょう、鷹央先生」

「ああ、帰るとしよう」

そう答えて微笑んでくれた鷹央の顔は、なぜか年相応に大人びて見えた。

鷹央、鴻ノ池とともに、僕はリングを下り、花道を進んでいく。会場を出る寸前に振り返ると、リング上で轟と律子が寄り添い、降り注ぐ光に向けて手をかざしていた。

二人の姿が滲《にじ》んでいく。

「お疲れさん。よくやったな、小鳥」

背中に触れる鷹央の小さな手が、やけに温かく感じた。

エピローグ

「今夜は吐くまで飲むぞ！」

「やめてください。鷹央《たかお》先生が吐く頃には、僕はたぶん死んでます」

本当にやめて……。

リングの上で『衆人環視の殺人』の謎《なぞ》を解いてからちょうど一週間後の金曜、午後七時過ぎ、僕は鷹央とともに屋上の〝家〟にいた。ソファーの前に置かれたガラス製のローテーブルには、数十本の酒瓶が乱立している。

先日の『バッカスの病室事件』の際、入院患者にアルコールを飲ませた罰として真鶴《まづる》に没収されたものだった。治療のために酒を飲ませる必要があったということを何度も説明し、ようやく真鶴に納得してもらえたらしく、昨日戻ってきたのだ。

しかし、こんなに大量の酒を隠していたのかよ、この人。

昨日、酒を取り戻した鷹央は、はしゃいだ声で「小鳥《ことり》、事件解決の打ち上げをするぞ」と言い出した。正直、勘弁してほしかったのだが、早坂《はやさか》の件で世話になった手前、むげに断ることもできなかった。そんなわけでいま、絞首台の階段を上るような気持ちで、僕は所狭しと並んでいる酒瓶を眺めているのだった。

「お疲れ様でーす」

玄関扉が開き、元気のいい声とともに両手に大きなレジ袋を持った鴻ノ池《こうのいけ》が入ってくる。

「おつまみ買ってきました。ポテチ、焼き鳥、ピーナッツ、ジャーキー、あと鷹央先生用にチョコレートとカレー味のお煎餅《せんべい》も」

「おお、気がきくな」

鷹央はレジ袋を一つ受け取ると、中身をソファーの上に置いていく。

「もう一袋あるのかよ。買い込み過ぎじゃないか」

もう一つの袋を覗き込んだ僕は、鼻の付け根にしわを寄せる。そこには、点滴セットと生理食塩水のパック、駆血帯、制吐薬のアンプルなどが入っていた。

「なんだよ、これ」

「あっ、それを使うのはあとです。どうせ小鳥先生、徹底的に潰《つぶ》されるだろうから、そのとき少しでも楽になるように点滴してあげようかと思って」

「僕が潰されるのは確定なのか……」

「どうしたんですか、難しい顔して。あっ、もしかして酔いつぶれて失禁するのが心配だとか？　大丈夫ですよ。もしものときは私が責任もって、尿道カテーテルぶち込んで……」

「帰る！　やっぱり帰る！」

「冗談ですって、冗談。逃げちゃだめですよ」

鴻ノ池は素早く僕の手を摑《つか》むと、一瞬にして手首関節を極《き》めて捻《ひね》りあげた。

「なに騒いでるんだよ。さっさと飲みはじめるぞ」

チョコナッツを一つ口に放り込みながら、鷹央が言う。鴻ノ池は僕の手を離すと、

「じゃあ、グラスを準備しますね」とキッチンへと消えていった。

「久しぶりの酒だ」

鼻歌交じりに言う鷹央の隣に、僕は手首をさすりながら腰掛ける。

「あの、鷹央先生。早坂さんの件、ありがとうございました」

「ん？　どうした、あらたまって」

「いえ、まだちゃんとお礼を言ってなかったなと思って。鷹央先生が僕にまかせてくれたおかげで、二人は背負っていた重荷をおろすことができました」

三日前、僕のスマートフォンに成瀬《なるせ》から電話があった。早坂律子《りつこ》と轟《とどろき》勇人《はやと》が、早坂翔馬《しょうま》の自殺を手伝ったと言って出頭してきたと。二人は事件の全《すべ》てを説明し、いまは勾留されているということだった。

きっとそれが正しい選択だったのだろう。

律子が最も幸せになる選択。

「べつに礼を言われるようなことはしてない。私はあの日、事件の映像を見てすぐ、リングでなにが起きたのか気づいた。ただ、どうすれば本当の意味で事件を解決できるか分からなかったんだ。だから、お前に丸投げした。奴《やつ》らの友人であるお前なら、答えを見つけられると思ったからな」

「信頼してくれて嬉《うれ》しいです。けど、鷹央先生がヒントをくれなければ、僕は真相にたどり着けませんでした」

「たいしたヒントは出していないぞ。自分で考え、そして真実にたどり着いてこそ、その後どうするべきか判断できると思ったからな。あれで事件のからくりに気づいたのは、お前が診断医として優秀だからだ。そこは誇っていい」

「あ、ありがとうございます」

予想していなかった賞賛の言葉に胸が熱くなり、声が震えてしまう。そんな僕を見ながら、鷹央はにやりと笑った。

「まあ、私が直々に指導してやっているんだ。優秀になって当然だな」

「これからもご指導ご鞭撻《べんたつ》、よろしくお願いします」

大仰に頭を下げると、鷹央は「おう、よろしくお願いされてやる」と薄い胸を張った。

「なんの話ですかぁー」

グラスを手にした鴻ノ池が戻ってくる。僕が「なんでもないよ」とあしらうと、鴻ノ池は口を尖《とが》らせる。

「仲間外れにしないでくださいよ。意地悪するなら、あとで尿道カテーテルを……」

「本当に勘弁してください！」

僕が即座に白旗を上げる。

「やだなあ、だから冗談ですって。そういえば、律子さんと轟さん、このあとどうなるんでしょうね」

鴻ノ池は持ってきたグラスにビールを注《つ》いでいく。注ぎ終わったグラスを、鷹央が手に取った。

「起訴されるかどうかは微妙なところだな。自白と状況証拠だけで、物的証拠はなにもない。もし裁判で被告人が否認に転じたら、有罪に持ち込むのは難しい。検察はそういう負ける可能性のある裁判はしたがらない。特に、今回のように有罪でも執行猶《ゆう》予《よ》が付く確率が高い裁判は」

「難しい事件ですよね。愛ゆえの罪。裁判官でも裁くのは難しそう」

「誰にも裁けない。特に他人にはな。早坂律子と轟勇人、奴ら自身がどのように罪に向き合い、そして償うべきなのか悩み、答えを見つけていくんだ」

「答え見つかりますかね？」

「きっと見つかるさ」

鷹央は唇に微笑を湛《たた》えながら、僕に視線を送ってきた。

「そのために、小鳥が頑張ったんだからな」

三つのグラスに鴻ノ池がビールを注ぎ終える。

「まあ、とりあえずは事件解決を祝って乾杯をしましょう」

「そうだな」

鷹央がグラスを高々と掲げた。

「それじゃあ、乾杯」

「乾杯！」

僕と鴻ノ池は声を合わせると、鷹央のグラスに自分のグラスを当てる。

零《こぼ》れた泡が間接照明の光を反射しながら、粉雪のように舞い落ちていった。

後輩、朝霧明日香

天久鷹央の日常カルテ

「はぁ！」

気合の声と共に薄いグローブを付けた拳が高速で、僕の顔面に向かってくる。僕は前に出した左手で迫ってくる拳に軽く触れる。ベクトルを崩された上段突きが肩口をかすめていく。僕はバランスを崩した相手の顔面に向かって、上段回し蹴りを放った。

顔面に炸裂《さくれつ》する寸前で止めた足が起こした風が、相手の髪を揺らした。

「ああ、完璧にやられた。先輩、さすがです。まいりました」

僕の組手の相手をしていた空手着姿の若い学生が、悔しそうに天井を仰ぐ。それと同時にブザーが鳴り響いた。

「ありがとうございました」

僕たちはお互いに胸の前で十字を切る。

『神のハンマー事件』が解決して一ヶ月ほどたった土曜の昼下がり、僕は母校である純正医大の空手部の稽古に参加していた。

純正医大空手部は三ヶ月に一回ほどの頻度でOB稽古を行っている。多くのOBに声をかけて合同稽古をするのだ。

　といってもＯＢたちはほとんどが医師として忙しく働いているため、毎回参加している者はそれほど多くはない。僕も大学病院で外科医をしていた去年までは、勤務が忙しすぎてほとんど参加できていなかった。

　基礎運動や型の練習などが終わり、組手稽古の時間にはいっている。僕はさっきから積極的に現役部員と組手をこなしていた。

　けどさすがに疲れた。少し休憩をしよう。道場の端に移動した僕は、ペットボトルのミネラルウォーターを飲む。

「小鳥遊《たかなし》先輩、お疲れ様です」

　目の前にタオルが差し出される。見ると、空手着姿の朝霧明日香《あさぎりあすか》がタオルを持ってそばに立っていた。

　朝霧は空手部の一年後輩で、今は純正医大附属病院で麻酔科医として勤務している。

「おお、サンキュー」

　僕は受け取ったタオルで額の汗を拭う。

「先輩、相変わらずいい動きでしたね。いま相手していたの、主将ですよ。それに完璧に勝つなんて、現役時代より良い動きしてるんじゃないですか。噂《うわさ》じゃ最近、けっこう稽古にも参加してるってことだし。何かありました？」

「いや別に、運動不足を解消しようとしているだけだよ」

僕は適当にごまかす。まさか上司が次々と危険な事件に首を突っ込むので、ボディガードをするために腕を磨いておかなければならないなどと言えるわけがない。

「そういう朝霧だって、さっき男子の部員、圧倒したじゃないか。しかも最後、中段正拳突き入れて悶絶《もんぜつ》させていたし……。寸止めなんだから当てるなよな……」

「すみません。バイトで麻酔かけに行っているクリニックにいる、形成外科医の憎たらしい顔を思い出しちゃって。つい……」

「ついって、お前な……」

こいつ昔から怒らせると、容赦なく腹殴ってきたりするんだよな……。

医学生時代、朝霧から喰《く》らった強烈な中段突きの記憶がよみがえり、僕は思わずみぞおちを押さえてしまう。

「ところで小鳥遊先輩、……轟《とどろき》先輩と律子《りつこ》の件、聞きました。二人が何をしたのかも。そして、小鳥遊先輩が事件の解決に関わっていたことも」

それまで楽しげだった朝霧の表情に、ふっと暗い影が差した。

「そうか……」

早坂《はやさか》律子は朝霧の親友だった。彼女がしたことについて、いろいろと思うところがあるのだろう。

僕たちの間に重い沈黙が降りる。そのとき、「何してるの、お二人さん?」と背後から明るい声がかけられた。振り返ると僕の親友で、いまは循環器内科医をしている諏訪野良太《すわのりょうた》が、その柔和な顔に人の好《よ》さそうな笑みを浮かべながら近づいてきていた。

隣にある柔道場では、柔道部が同じようにOB稽古をしている。柔道部のOBである諏訪野も、僕と同じようにそれに参加していた。

「よう、諏訪野。相変わらず元気そうだな」

「元気元気、すごい元気だよ。あっ、そういえば、この前の合コン悪かったな」

先日、諏訪野が企画し、そしてよりにもよって詐欺師である杠阿麻音《ゆずりはあまね》が参加していた合コンのことを思い出し、僕は顔をしかめる。

その合コンでいい雰囲気になった女の子が、実はぼったくりバーの客引きで、危うく連れて行かれそうになったところを、僕は杠に助けられていた。

「……小鳥遊先輩、合コンなんか参加してるんですか？」

朝霧が湿った視線を投げかけてくる。

「あれ？　もしかして朝霧ちゃんも参加したかった？　今度企画してあげようか」

諏訪野の言葉に朝霧の眉根が寄った。

「なんでそうなるんですか？　合コンなんか興味ありませんよ」

「えー、でもこの前に飲んだとき、『どっかにいい男転がっていないかなぁ』とか愚痴ってたじゃ……」

そこまで言った諏訪野のみぞおちに、朝霧が正拳を突き刺す。東日本の医学系学生の最大の大会である東医体の個人戦で、準優勝した実力を持つ朝霧の突きだ。不意を突かれた諏訪野は、「うっ」とうめくと、その場に膝をついた。

「お前さ反射的に男を殴るくせ、直した方がいいぞ……。『いい男』がいても、すぐに転がって逃げられるぞ」

僕は苦しんでいる諏訪野を見て、ドン引きする。

「ほっといてください。ちゃんと手加減していますし、相手も選んでます。諏訪野先輩とか小鳥遊先輩みたいに鍛えてる人にしかしません」

「いや僕たちにもして欲しくないんだけど……」

僕が頬を引きつらせると、膝をついている諏訪野が「そうだ！」と顔を上げた。確かに、思ったよりダメージはなさそうだな……。

「小鳥遊と朝霧ちゃんが付き合えばいいんじゃないの」

「はぁ⁉」

僕と朝霧の声が重なる。

「だってさ二人とも恋人募集中なんでしょ？　小鳥遊なら朝霧ちゃんの突きを受けても平気だろうし、なんとなく相性よさそうだし。けっこうお似合いだよ。学生時代、二人が付き合っているって噂とか流れていたこともあったしさ」

僕と朝霧が呆然《ぼうぜん》と諏訪野の話を聞いていると、ブザー音が鳴る。柔道部の乱取りの交代時間だ。

「あ、じゃあ俺、ちょっと学生と乱取りしに行ってくるから、あとは若いお二人に任せるね」

冗談めかして見合いの仲人のようなセリフを残して、諏訪野は柔道場の方に戻り学生と乱取りをはじめた。長い足を振り上げる内股で、自分より大きな学生をきれいに宙に回したりしている。

「す、諏訪野先輩、相変わらず変なこと言いますね」

十数秒後、うわずった声で朝霧が言う。

「そ、そうだよな。なに馬鹿なこと言っているんだよな」

僕は相槌《あいづち》をうちながら、横目で朝霧の様子をうかがう。少し童顔ながら、意志の強そうな整った横顔。その頬がわずかに赤らんでいるように見えた。

たしかに学生時代、少しの間、朝霧と交際していたことがあった。諏訪野が言うように相性がよく、楽しい交際期間だったが、僕が臨床実習、朝霧が解剖学実習で忙しくなり、会える時間が少なくなってすれ違いが多くなったころに、このままだとお互いが嫌いになってしまうかもしれないと、話し合って別れていた。

けれど二人とも社会人になり、時間の管理も上手《うま》くなったいまなら……。

しまう。

朝霧が探るようにこちらを向く。目が合った。僕たちは思わず同時に視線を外して
再び沈黙が降りる。しかしそれはさっきとは違い、重苦しくはなく、それどころか
どこか居心地の良さすら感じるものだった。

数十秒後、僕は唾をごくりと飲み込むと、ゆっくりと口を開く。

「あのさ、朝霧。……えっと、今度よかったら、食事でも付き合ってくれないか？」

「それって……二人でですか？」

「二人じゃダメかな？」

「いえ、ダメじゃないです。というか、けっこう嬉《うれ》しいっていうか……」

「それじゃあ……」

学生時代を思い出すような甘酸っぱい空気に浸りながら、僕が具体的な予定を口に
しようとしたとき、「いやあ、ごめんごめん」という明るい声が響いた。

いつの間にか乱取りを終えた諏訪野が、息を弾ませながら戻ってきた。

なんでこのタイミングで戻ってくるんだよ。

内心で愚痴をこぼす僕の背中を、諏訪野が平手でバンバンと叩《たた》く。

「さっきは変なこと言って悪かった。よく考えたら小鳥遊は恋人いるんだったよな」

「はぁ!?　恋人？」

僕の声が裏返る。

「うん、噂で聞いたぞ。お前、赴任先の天医会《てんいかい》総合病院統括診断部で、上司の女性と付き合っているって。いつもその人の家に入り浸っているんだよな」

「な、なんでそのことを⁉」

付き合ってはいないけど、〝家〟に入り浸っているのは本当だ。なぜなら、鷹央《たかお》の〝家〟は統括診断部の医局を兼ねているのだから。

「俺の情報網を見くびっちゃだめだよ。俺が指導している研修医が、天医会総合病院の研修医から噂を聞いたんだって。統括診断部が愛の巣になっているって」

僕の脳裏に、満面の笑みを浮かべる鴻ノ池舞《こうのいけまい》の顔が浮かぶ。

あいつ、院内だけでは飽き足らず、僕の母校にまでおかしな噂を流しているなんて。

「それは誤解で……」

僕は必死に釈明しようとするが、遮るように諏訪野はさらに言葉を続けた。

「いやあ、そんなラブラブなのに、この前の合コンじゃあナイスバディのお姉さんと夜の街に消えたりして、お前も悪い男だよな」

「ち、違う。いや、あっているところもあるけど、基本的に全部誤解だ」

必死に言い訳をしようとする僕の背筋に、冷たい震えが走った。おそるおそる振り返った僕の口から、「ひっ」という小さな悲鳴が漏れる。

朝霧が笑っていた。どこまでも人工的な笑みが、その端整な顔に張り付いている。

しかし、僕は気づいていた。僕を見つめる双眸《そうぼう》に激しい怒りの炎が燃え上がっていることに。

空手部側のブザーが鳴る。新しい組手の時間だ。

「小鳥遊先輩、組手をお願いできますでしょうか」

慇懃《いんぎん》に、しかし骨の芯まで凍りそうなほど冷たい声で朝霧は言った。

「い、いや、それは……」

しどろもどろになる僕の空手着の襟を無造作につかむと、朝霧は強引に引っ張って道場の真ん中へと連れて行く。

「さっき『付き合って』って言いましたよね。いいでしょう。思う存分、『突き合い』ましょう」

朝霧は血管が浮き出るほど強く拳を握り込んだ。

「いや、その『突き合う』じゃなくて、食事に付き合ってって……。そもそも、お前、当てる気満々だろ」

「問答無用！　さっさと始めますよ」

襟を放して、両手で素早く十字を切るなり、朝霧は拳をふるって飛び込んできた。

僕のか細い悲鳴が、道場内に響き渡った。

本作は二〇二〇年八月に刊行された
『神話の密室　天久鷹央の事件カルテ』（新潮文庫）を
加筆・修正の上、改題し、完全版としたものです。
完全版刊行に際し、新たに書き下ろし掌編を収録しました。

実業之日本社文庫 ち1 106

神話《しんわ》の密室《みっしつ》　天久鷹央《あめくたかお》の推理《すいり》カルテ　完全版《かんぜんばん》

2024年3月15日　初版第１刷発行

著　者　知念実希人《ちねんみきと》

発行者　岩野裕一
発行所　株式会社実業之日本社
〒107-0062　東京都港区南青山6-6-22 emergence 2
電話［編集］03(6809)0473［販売］03(6809)0495
ホームページ　https://www.j-n.co.jp/
ＤＴＰ　ラッシュ
印刷所　大日本印刷株式会社
製本所　大日本印刷株式会社

フォーマットデザイン　鈴木正道（Suzuki Design）

ISBN978-4-408-55873-8（第二文芸）